どまどま
illust もき
ダンジョン配信を切り忘れた有名配信者を助けたら、伝説の探索者としてバズりはじめた
〜陰キャの俺、謎スキルだと思っていた《ルール無視》でうっかり無双〜
2
I saved a famous streamer who forgot to turn off the dungeon stream, and I started getting buzz as a legendary explorer.

「で、でもまあ、エロ系の動画は伸びやすいしね。これでさらにチャンネル登録者数は増えるはず……」
「ふふ、そうね」
なぜか少し儚げな笑みを浮かべると、美憂はシャツの一番上のボタンだけを外した。
霧島筑紫
#伝説の探索者
#スキル《ルール無視》
#男子高校生

綾月美憂
#綾月ミル
#有名ダンジョン配信者
#登録者1200万人
#JK
「……でもね、今回の目的はそれだけじゃないんだよ」
「へ…………」

「――大丈夫。私が助太刀する」
???
職業：???
スキル：???

「……え」
ふいに響いてきたその声に、
俺は聞き覚えがあった。
だがおかしい。
彼女は探索者では
ないはずだが……!

CONTENTS

I saved a famous streamer who forgot to turn off the dungeon stream, and I started getting buzz as a legendary explorer.2

ダンジョン配信を切り忘れた有名配信者を助けたら、伝説の探索者としてバズりはじめた

～陰キャの俺、謎スキルだと思っていた《ルール無視》でうっかり無双～

2

どまどま
illust もきゅ

第一話　陰キャ、全国民の前で表彰される

「それでは国枝《くにえだ》内閣総理大臣、前にお願いします」

司会がそう言ったのと同時に、目の前で座っていた人物が立ち上がる。

――国枝雅史《まさふみ》内閣総理大臣。

日本国民であれば誰もが知っているような人物が前に立ち、俺は思わず委縮してしまう。

「霧島筑紫《きりしまつくし》殿」

続けて司会にそう呼ばれ、俺はカチコチになりながらも椅子から立ち上がった。

ちなみに隣の席では、俺の母――霧島優里《ゆうり》が、涙をハンカチで拭っていた。もちろん悲しくて泣いてるんじゃなくて、嬉しさのあまり感動が込み上げてきているんだと思われる。

――世の不正を顕《あらわ》し、国民を危機から救った霧島筑紫くんに、国民栄誉賞を授与する――。

最初にそんな報道を聞いたときはかなり驚いたが、しかし、これは夢でも冗談でもなさそうだった。なにしろ内閣官房から同様の電話がかかってきたし、しかもこうして、目の前に本物の総理大臣がいるのだから。

国民栄誉賞。

それは平たく言えば、なにかしらの分野にて大きな業績を残し、社会に明るい希望を与えた者に授けられる賞だ。

たとえばスポーツで並外れた結果を出したり、多くの人々を感動させるような曲を作ったり。そういう偉人にこそ授与されるもので、俺なんか明らかに不釣り合いだと思うんだが――。

しかもあるニュースによれば、ダンジョン探索者が国民栄誉賞に選ばれるのは日本史上初のことらしいんだが――。

しかし、目の前にいる国枝総理は、穏やかな表情を浮かべながら、手に持った賞状を読み上げ始める。

「表彰状、霧島筑紫殿。あなたは〝類稀なる努力〟と〝強靭な精神力〟のもと、ダンジョン探索者の第一人者として多くの国民を危機から守りました。突如ダンジョンに現れたシヴァーナを放置していれば、外の世界にも無視できない被害が及んだことは想像に難くないところであります。それでも前に突き進んだ霧島殿の勇姿は、広く国民に夢と感動、社会に明るい希望や勇気を与えました。よって国民栄誉賞を贈り、ここに表彰します。内閣総理大臣、国枝雅史」

そのまま両手で渡されてきた賞状を、俺はびくびくしながら受け取る。

なにしろ報道陣からのカメラシャッター音がすごいし、来場者たちの拍手もかなり大きい。大勢の人々から注目されているというだけで、今までただの陰キャぼっちだった俺にはかなり刺激の強い状況だった。

そのあとは同じく金一封を総理から授かると、司会からの指示で、総理と二人でカメラ台に立たされることになった。

おそらくここから数分間、総理と対談する時間になるはずだ。

「霧島さん、今日はお会いできて嬉しいです。実は私も公務の合間に霧島さんの動画を見ておりまして、ひそかにファンだったりするんですよ」

そうしてにっこりと人の良い笑みを浮かべる国枝総理。

政治の世界は俺にはわからないが、その政治的手腕から、国民からの信頼もかなり厚いと聞いたことがある。もう十五年以上も総理大臣を続けているし、在職期間は歴代でも相当長いほうだろう。

「はは……ありがとうございます」

そんな総理に対し、俺もひとまず笑顔を作って返事する。

「こんなすごい賞を貰えるなんて、最初は何事かと思いましたけど。でも、自分の功績が少しでも誰かの役に立てたのなら――とても嬉しいです」

「いやあ、素晴らしいですね。私の若い頃は、霧島さんほど謙虚じゃありませんでしたよ」

わははは、と会場内の誰かが笑い声をあげる。

ガチガチに固まっている俺に対し、大人の余裕を滲ませている国枝総理大臣。さすがにここは人生経験の差が如実に表れているな。

と、ここまでが形式的な挨拶。

総理はスーツの襟を正すと、ここまでとは一転、やや重苦しい表情で口を開いた。

「……本来ならば、ダンジョン運営省の不正は私たち政治家が暴くべきことでした。そのせいで霧島さんを危ない目に遭わせてしまったこと、この国の代表者の一人として責任を感じております。大変申し訳ございませんでした」

「いえいえ、そんな。聞くところだと、官僚たちが独断で動いていたようでしたし……」

「霧島さんはお優しいですね。政府としても、現在はダンジョン運営省の調査にあたっているところです。もう二度と同じ過ちは繰り返さないよう、肝に銘じます」

なんとなくだが、これは国民へのアピールでもあるかもしれないな。

ダンジョン運営省の官僚たる郷山弥生が悪事を働いたことで、当然ながら、政府にも責任問題が追及されている。

内情としては、ダンジョン運営省の官僚が独断で行ったことらしいが――。

だからといって、もちろん《知らなかった》で済まされる問題ではないからな。

記者たちが閣僚へ鋭い質問を浴びせている報道を、俺も連日のように目にしている。

「自分もまた、できるだけより多くの結果を出せるように頑張ります。もちろん、配信者の綾月ミルさんとも一緒に」

「……はい、応援しております。今後ともどうぞ、よろしくお願いします」

そう言って、総理は右手を差し出してきた。

俺も右手を出して、その握手に応じたのだが。

「ん……？」

どうやら総理の手には小さな紙が握られていたらしく、それを俺に渡そうとしているようだ。

「…………」

ひとまず、俺はその紙を黙って受け取ることにする。

もちろんこの場で中身を見るわけにはいかないので、落ち着いた場所で確認するとしよう。

最後に俺たちの握手をマスコミたちのカメラに収め、今回の授与式は終了したのだった。

★　★　★

「す、すごいじゃん筑紫くん！　まさか総理に呼ばれるなんて……！」

「ちょ、声でかいって美憂《みゆう》……！」

——授与式から一時間後。

俺は美憂を連れて、銀座の街を歩いていた。

見るからに高そうな服が売っていそうなブランドショップ、高校生では安易に立ち入れない高級レストラン、それに街行く人々のお洒落っぷり。

生粋の陰キャたる俺が出歩ける街ではないんだが、それでも美憂とともにこの地に降り立ったのには、もちろん理由がある。

——個人的にお話ししたいことがあります。もし可能であれば、本日十四時頃、この場所に来てください。無理そうなら後日、この電話番号にご連絡ください——

国枝総理からこっそり渡されたのは、そう書かれたメモ紙だった。

まさか公の場でこんな誘いはできないだろうからな。ひっそりとメモ紙を袖の中にでも隠しておいて、隠れて俺に渡してきたんだろう。

そしてそのメモ紙に書かれていた住所こそが――ここ銀座の地だったわけだ。

しかもご丁寧なことに、綾月ミルが同行しても問題ないと注釈してくれている。国民栄誉賞の授与式には美憂も来ていたので、きっと勘付いていたんだろうな。

「うっふっふ。私も鼻が高いよ。筑紫くん、国民栄誉賞を受賞するだけじゃなくて、まさか総理とお友達になっちゃうんなんて♪」

「お、お友達って……」

ちなみに今回、美憂は国民栄誉賞を受賞していない。

実を言えば、内閣府から受賞を打診の電話はきていたっぽいんだけどな。

けれど美憂には、五年前に身内が〝車の暴走事故〟を起こしてしまったという過去がある。その背景を鑑みて、彼女のほうから受賞を辞退したらしい。

それはそれでマスコミに受賞辞退を報道されて、美憂自身の好感度もめちゃくちゃ上がっている。高校生なのに謙虚すぎる、とっくに赦されていていてほしい……などなど。

この意味においては、郷山弥生《ごうやまやよい》に過去を暴露されたことさえ、また俺たちの人気に拍車をかけたことになるな。あまり口に出せることではないが。

「でも……本当にここで合ってるのかな……？」

俺はそう呟きつつ、周囲を見渡してみる。

駅前にあったショップは少しずつ姿を消していき、今俺たちのまわりには、沢山の住宅が立ち並んでいる。もちろん銀座という土地もあってか、瀟洒《しょうしゃ》という言葉がぴったりな街並みだが……。

「う～ん、でも間違ってないみたいよ？」

美憂も地図アプリで住所を検索してくれたが、やはりこの場所で合っているようだ。

まさか総理自身の家に案内してくれるということか……？　それも何か違う気がするんだが。

「お待ちしておりました。霧島様と、綾月様ですね」

と。

俺たちがきょろきょろと周囲を見渡している間に、スーツ姿の女性が声をかけてきた。

「あ、あなたは……？」

「申し遅れました。内閣総理大臣秘書官の、仲部《なかべ》と申します。以後お見知りおきを」

おどおどと訊ね返す俺に対し、仲部と名乗る女性が名刺を差し出してきた。

もちろんそれは素直に受け取っておくんだが、一介の高校生たる俺には、返す名刺がない。それについて謝罪すると、

「ふふ、構いませんよ。何か機会があれば、その連絡先にご連絡ください」

と微笑みかけてくれた。

「さて、総理はすでに霧島様をお待ちです。準備がよろしければもうご案内致しますが、いかがでしょうか」

「そ、それは大丈夫なんですが……。まさか国枝総理、このへんに住んでいるんですか？」

「いえ、そういうわけではありませんよ。国が管理する、極秘ダンジョンでお待ちということで

す」

「ご、極秘ダンジョン……!?」

なんだそれは。

まったく聞いたことがないんだが、もしかして……。

「……あのとき、ダンジョン運営省の官僚は見たことのない防具を身に着けていました。あれと同じで、一般には公開されていないダンジョンもあるとか……?」

「ふふ、さすがは霧島様です。おっしゃる通りですよ」

仲部はそう言って笑みを浮かべると、近くにあった住宅の敷地に入る。そのまま手持ちの鍵で住居のドアを開けたので、俺と美憂もそれについていった。

「あ……！」

そしてその家に足を踏み入れた瞬間、美憂が大きな声をあげた。

「ダンジョンの入口……！　そっか、この家はただのカモフラージュだってことね……!?」

「ええ、おっしゃる通りです」

美憂の言う通り、家のなかにはなにもなかった。家具もテレビもない、文字通り虚無の空間。一応電気だけはつくようにしているようだが、それ以外は文字通り虚無の空間だった。

——目の前で異様な存在感を放っている、地下へと続くダンジョンの入口以外は。

「ついてきてください。総理みずから足を運ぶほどですから、危険な魔物は出没しません。どうか安心してください」

第二話　陰キャ、総理の前で痴話喧嘩を繰り広げる

仲部に案内されたダンジョンは、なんとも不可思議な雰囲気を漂わせていた。

俺が今まで足を運んできたダンジョンは、そのすべてが「ザ・洞窟」という感じだった。

全体的に薄暗くて、無機質な通路が先々にまで広がっていて……。こう言ってはなんだが、湿っぽい雰囲気が滲み出てるんだよな。

だが――ここは違う。

驚くべきことに、緑があたり一面に広がっているのだ。

地平線の彼方にまで草原が広がっていて、あとは視界の奥に大樹が一本ぽつんと屹立しているだけ。

あとはそこかしこで蛍のような虫が宙を浮いているが、これはおそらく〝本物の蛍〟ではない。

それにしては光球があまりに大きいためだ。

「こ、ここは……」

感嘆の息を吐きつつ、俺は隣の美憂に視線を向ける。

「美憂。こんな場所、見たことある……？」

「ううん……。こんなに良い場所知ってたら、絶対ピクニックに来てると思うし……」

「ピ、ピクニック……」

それを聞いて、仲部が「ふふ」と笑った。

「綾月《あやつき》さん、申し訳ないですがここでは配信しないでくださいね。撮れ高をご希望でしたら、あとで総理が気を利かせてくださると思いますので」

「え、いいんですか？」

「もちろん。せっかくご足労いただいていますからね」

仲部はそう言って笑うと、しばらく無言で先を歩き続けた。

といっても、大樹に向けて一直線に進んでいるだけだが。

「さて、あとはこの木の仕掛けを解けば……」

そして大樹のもとに到着したあと、仲部は大樹の幹を六ヶ所、人差し指でつついた。

ゴゴゴゴゴゴゴゴ……！

するとなんと、轟音を立てて木の傍に地下階段が出現するではないか。

「こ、これは……」

目を瞬かせる俺に対し、仲部は、

「この階段を下りれば総理がいらっしゃいます。魔物は出現しませんが、これもマスコミ対策のため。ご理解ください」

と言った。

詳しいことは不明だが、マスコミからの追跡を避けるための策ってことかもしれないな。総理の立場になると、連日のように記者たちから動向を観察されているだろうし。

「仲部さん」

その階段を下りる前に、俺は秘書官に声をかける。

「こうして歩き続けるだけでも、見たことのない植物があちこちで生えていますね。……やはりダンジョンから得られる一部の利益は、国が独占しているのですか？」

「…………」

一瞬、仲部の視線が鋭くなった。

「……ふふ、これは驚きました。高校生とは思えぬ洞察力をお持ちですね。日本をお救いになったのも、おそらく探索者としての腕前だけではないのでしょう」

そう言うなり、仲部は地下階段へと足を踏み入れていく。

「ついてきてください。おそらくはそれも含めて、総理からお話があるでしょうから」

「……わかりました」

はぐらかされた気がしないでもないが、別に仲部と敵対したいわけじゃないからな。

ここは素直に従っておいて、総理のいる場所へと歩を進めていくのだった。


目的地に到着したのは、それから数分後だった。

狭い通路を少しだけ進んだ先に、見渡す限りの大広間。

壁面には古びた書棚が設置されていて、各段には所狭しと本が並べられている。別の場所に視線を向ければタンスやテーブル、ベッドなども置いてあり……。

何者かが定期的にここを訪れては、身を休めているのが想像できた。

そしておそらく、その人物こそが――。

「やあやあ、来てくれたか。霧島筑紫くんに、綾月《あやつき》美憂さん。また会えてよかったよ」

中央の椅子に座っていた国枝雅史内閣総理大臣が、椅子から立ち上がりつつそう言った。

まずは順番に握手を交わしてから、総理はテーブルに置いてあるケーキを手差しする。

「私が大好きな、ルタオのドゥーブルフロマージュだ。食べ頃になるよう解凍しておいたから、きっと美味しいはずだよ」

「わあぁ、ありがとうございます♪」

こういうときでも遠慮することなく、満面の笑みでケーキにありつこうとする美憂。

……俺はさっきから緊張しっぱなしなんだが、彼女は極めて通常運転だな。さすがは有名配信者を長く演じているだけあって、ちょっとのことでは動じないか。

「どうしたの、筑紫くん。甘いもの好きでしょ？」

「いやまあ、そうなんだけどさ……。さすがに総理を前にすると、緊張するというか……」

「あ～ね、その気持ちはわかるけど」

美憂はそう言うと、にやりと悪戯っぽい笑みを浮かべた。

「それなら、筑紫くんのぶんまでケーキ貰ってもいい？　私、このドゥーブルフロマージュがすごい大好きなんだ！」

「い、いいいわけないだろ！　これは俺のだよ！」

さっと自分の皿を自身の近くまで引き寄せる俺。

「そんなこと言うんだったら、俺が美憂の分まで食べるからな！」

「え？　ちょっと待ってよ、それは聞いてないんだけど！」

この場でぎゃあぎゃあ騒ぎだす俺たちを、国枝総理もにこにこしながら眺めていた。

第三話　陰キャ、国の極秘情報に触れる

「ふう……」

それから数分後。

美憂とくだらない掛け合いをしながらケーキを平らげた俺たちは、そこで改めて総理がにこにこ笑っていることに気づいた。

「あ、すみません。俺たち総理の前で……」

「はは、いいんだよ。総理大臣という立場になると、多くの人がなにかしらの思惑を持って接してくるようになる。最近は特にそうだ。……おかげで久々にほのぼのした気分になれたよ」

総理はそう言うと、仲部秘書官に向けて片腕をあげた。

仲部はこくりと頭を下げ、ケーキの皿をさげつつ、俺たちにそれぞれアイスティーを差し出してきた。

なにもかもが至れり尽くせり。

やはりこの会談は、「個人的に話したいこと」だけには留まりそうにないな。

「それで……総理。話したいことというのは、いったいなんでしょうか」

俺が表情を改めてそう切り出すと、総理はこくりと頷いた。

「そうだね。おそらくは君たちの知りたがっている話――ダンジョン運営省についてだよ」

「…………！」

その言葉に、俺はごくりと唾を飲んだ。

——郷山弥生が逮捕されてから、もう二か月くらいになるか。

あいつは俺と美憂が配信中、突然スマホを奪い取ってきて、いきなり美憂の暗い過去を全国に晒した。

挙句の果てには〝シヴァーナ〟という化け物を使役し、俺たちを殺そうとしてきたんだよな。

改心した郷山健斗や、駆けつけてくれたディストリアの協力もあり、事件は無事解決。いったんの平和が訪れたものの、まだ判明していないことはいくつもある。

まず第一に、ダンジョン運営省の実態だ。

地上にさえ影響を及ぼしたシヴァーナに、一般には出回っていないレア装備に至るまで。世間には知られていないダンジョンの情報を、同省があからさまに隠していたのは記憶に新しい。

そして次に、俺の父、霧島雄一についてか。

不慮の事故によって亡くなったはずの父は、その実、弥生の〝魔物召喚〟スキルによって殺されたことが判明した。

ではなぜ、殺されることになってしまったのか。

単に痴情のもつれとも考えられるが、弥生は「彼が知りすぎたから」とも言っていた。

いったい、父はどんな情報を掴んでいたのか……これについてはついぞ不明のままなんだよな。

他にも知りたいことは山ほどある。

それを総理みずからが話してくれるというならば、もはや願ったり叶ったりの状況と言えるだろう。

「こほん」

総理は咳払いを入れると、そこで俺たちを見回して言った。

「まずひとつ。ダンジョン運営省の企みについては、残念ながら政府のほうでも完全には掴めていない。世間では色々と叩かれているが、あれは政府が公表した通り、官僚が独断で引き起こした事件だ。ダンジョン運営大臣の山城くんでさえ……本件については何も聞かされていなかった」

「なるほど……そうでしたか」

総理の言う通り、政府に対する世間の評価は、現在著しく落ちている。

総理が裏で甘い汁を吸っていた、裏金を着手して自分たちだけ優雅な生活を送っていた、事実を知りすぎた者は秘密裏に抹殺していた……。

などなど、SNSを見ても言われたい放題の状況なんだよな。

テレビでも、野党が政府を激しく追及している場面が数多く放送されている。

その影響で、いま国枝政権の支持率は激しく低下。総理がなにを言ったとしても、マスコミやら識者やらに叩かれる日々が続いている。

「はは、まあ信じる信じないは君たちの自由だよ。私の言葉が怪しいと思ったら、無理に同調しなくてもいい。ダンジョン運営省の犯罪を見破れなかった点については、政府にも責任問題はあるからね」

「いえ……、大丈夫です。俺たちは総理の言葉を信じます」

郷山弥生の暴れっぷりは、当事者たる俺たちが一番よく知っているからな。

あの女は別に、政府関係者にそう指示されているから動いているわけではなかった。ただ自分たちの独断で、俺たちを始末しにきていたもんな。

「……ありがとう。そう言われるだけで救われる気分だよ」

総理はそう言って笑みを浮かべると、話の続きを再開した。

「それで、ここからが本題なのだがね。政府もこの問題を解決したいのは山々なんだが――ダンジョン運営省の幹部たちが、どういうわけか綺麗さっぱり姿を消しているんだ」

「え………?」

美憂が大きく目を見開く。

もちろん、俺とても同じ気持ちだった。

さすがにそれは初耳だぞ。

「国会質疑がうまく進められていないのは、実はここに原因があってね。山城大臣が招集命令を投げかけても、誰一人として集まってこないんだよ」

「………」

幹部たちが一斉に逃亡か。

たしかに、きな臭いとしか思えないよな。

「……このこと、世間に公表してましたっけ？」

記憶を辿りながらなのか、美憂が思案顔でそう訊ねた。

「いや、まだ世間には伝えていない。……というより、公表できないと言ったほうが正確だろう」

「え？」

「君たちも耳に挟んだことはないか？　ここ最近、ダンジョンの魔物が、急に外の世界に現れ始めたニュースを」

「あ、あります」

そう言いながら、俺は自身の記憶を呼び覚ます。

たしか最初のニュースは、茨城県つくば市が舞台だったはずだ。突如ゴブリンが現れ、通行人の男性に襲い掛かったんだよな。

といって、それ以上はなにをするでもない。

いきなり人に襲い掛かったゴブリンだが、それはただ単に飛びついただけで……あとは特に攻撃を加えることもなく、すぐさまダンジョン内に戻っていった――。

それがニュース記事の内容だった。

そしてそれを皮切りに、日本全国のダンジョンから魔物が飛び出してくるようになったんだよな（一部の都市伝説では、もっと前から魔物が飛び出していたという話もある）。

とはいえ、最初のゴブリンと同様、明確になにかしらの行動をしているわけでもない。

地元住民たちをさんざん怯えさせた後は、なぜか満足そうな様子でダンジョンに戻っていくらしい。

このことについて政府は、探索者以外は不用意にダンジョンに近づかないよう、全国的な発信をしていたはずだ。

「そう。つまりはそういうことだよ」

自身もアイスティーを口につけながら、総理がそう呟いた。

「全国で魔物が飛び出してきているなかで、ダンジョン運営省の幹部が謎の失踪を遂げている……。これだけでも、日本中が大混乱に陥ると思わないかい？」

「それは……たしかにそうですね」

「だから、この情報は不用意に発信できないが……かといって、待ちぼうけしていることが正しいとも思わない。これは私の勘だが、なにやら恐ろしい事件が待ち受けている気がしてならないからね」

恐ろしい事件……か。

たしかにそうだな。

俺自身もうっすら思っていたことだ。この一連の出来事は、郷山弥生を倒したくらいで解決するものではないと。

「だから今回──君たちを呼んだんだよ」

と。

俺たちに向けられる総理の視線が、その時一瞬だけ力強くなった。

「綾月ミルさんの配信を通じて、私も二人の活躍を見させてもらった。高校生でありながら立派な戦いぶり……。ふふ、個人的な話で恐縮だが、紅龍と戦っていた動画は、とても心が躍ったのを覚えているよ」

「はは……そう言ってもらえると嬉しいです。ありがとうございます」

たしかあれ、再生回数が現時点で二億を超えてるんだったか。

総理にも見てもらっていたなんて、なんだかむず痒いな。

後頭部を掻きながら恐縮する俺に、総理は引き続き笑顔とともに次の言葉を告げる。

「霧島くんは紅龍ギルガリアスの攻撃をさも当然のように受け、そして綾月さんはインフルエンサーかつ凄腕剣士でもあるね。だから確信したんだ。私の希望を託すのに、一番ふさわしい勇者たちであると」

「勇者たち……」

目を瞬かせる俺に、総理は「うん」と力強く頷いて言った。

「――単刀直入に言おう。霧島くんと綾月さん、政府の協力者として事件解決に乗り出してくれないかい」

第四話　陰キャ、裏の立役者になる

しん、と。

国枝総理の放った一言は、場を沈黙させるに充分な重みを秘めていた。

――政府の協力者として事件解決をしてほしい――

その言葉の意味を咀嚼すべく、俺は美憂に顔を向けた。

美憂も同じ気持ちだったのか、不思議そうな表情で見返してきた。

「あ……あの、総理」

ややあって、美憂が総理にそう問いかける。

「ありがたいお話ですけど、私たち、まだ高校生ですよ？　来年には入試も控えてますし、勉強の時間が取れなくなるのはちょっと……」

「それならこちらのほうで融通しよう。東大でも桜月大でも、それに見合った学力があれば合格にすることは可能だ」

「へ…………」

その鋭い眼光を受けて、本気だ、と俺は思った。

総理は本気で俺たちに協力を求めている。

ダンジョンから魔物が飛び出してくるなんて危険極まりないし、強力な助っ人を求めたくなる気持ちはわかるけどな。このあたりの業務は本来ダンジョン運営省が担っていたはずだが、今は完全にこの省が機能していないし。

あとはたぶん、低迷している支持率を回復したいという思惑もあるだろう。

「すまないね。警察の特殊部隊や自衛隊では、魔物に歯が立たないことがわかっているんだ。この対策を担っていたダンジョン運営省がまるで動いていない今、頼りにできるのは君たちしかいないんだよ」

「…………」

「……もちろん、君たちはいま紛うことなき青春の真っ最中だからね。そんな貴重な時期を捧げてまで、お国のために動いてほしいと言っているわけじゃない。選択権はあくまで君たちにあるからね」

けれど、と総理は言った。

「私も〝無能総理〟と言われて久しい。本当は水面下で色々と政策を押し進めているんだけどね……。そうした功績は、マスコミにとってはあまり面白くないようだ。私の欠点ばかりを、あることないこと報じてくるんだよ」

「…………」

「けれど――日本を守りたいという気持ちだけは本物だ。たとえ私の身が危険に晒されようとも、この美しい国を守り抜きたい。この思いは一度も揺らいだことがないよ」

これも政治家ならではの《口のうまさ》か。

総理の言葉を全面的に信じるつもりはないが、彼の言葉には不思議な重みがあった。

「はは……。まあ、テレビであれだけ叩かれてるんだ。私の政治観など響かないか」

俺たちの沈黙をどう捉えたか、総理が自虐的に笑う。

「けれどまあ、今の気持ちは本当だよ。少なくとも君たちを政治に利用するつもりはない。綾月さんが動画を作る際にも、政府やダンジョン運営省への不満があるのなら……自由に言ってもらって構わないよ」

「あはは……そうですか。そこで配慮を求められたら、その時点で断っていたと思います」

俺たちはあくまで、ダンジョン運営省の闇を暴く動画を作っていくんだもんな。

そこで政府に忖度しないといけなくなるなら、コンセプトそのものが成り立たなくなる。

「どうかな、二人とも。もし引き受けてくれるのなら、積極的な情報提供と、公的機関からの支援も約束するが……」

「………………」

正直、悩みどころではあった。

政府の協力者になれば、たしかに今までと比べて格段に動きやすくはなる。また世間の注目度も高まるだろうし、チャンネル登録者もさらに増えていくだろう。

けれどそのぶん、批判者も絶対に急増する。

美憂にもアンチは何人もいるが、総理はもはやその比ではないからな。この両者が協力していると知られただけで、大きく騒いでくる者は一定数いるだろう。

そうした批判の声に、俺や美憂が耐え続けられるかどうか――。

これが重要なポイントになるだろう。

「筑紫くん……どうする？」

俺が考え込んでいると、隣から美憂がそう訊ねてきた。

「う～ん。……少し悩ましいけれど、美憂さえよければ、俺は受けたいと思ってる」

「……そっか。そうだよね。筑紫くんにはお父さんの件があるし」

「はは、気づいてたか。さすがだよ」

弥生との一件があってから、父の〝本当の死因〟ははっきりした。

けれど、それの詳しい経緯までは依然よくわかっていないんだよな。

弥生は意味深に「彼が知りすぎたから」と言っていたが、それ以上のことは掴めていない。

ダンジョン運営省の人間が逃亡を図っているのであれば、それも永遠に闇に葬り去られる可能性がある。

だったら……俺がその真相を突き止めてみたい。

誰よりも頼もしくて強かった父が、どうして死ななければならなかったのか――。

息子としては、やはり気になるところだったから。

「美憂はどうするんだ？　やっぱり配信者としては、アンチが増えるのは致命的だと思うんだけど……」

「そうだね……。正直ちょっと迷ったんだけど、私も前に決めたから。これからはもう、私の行きたい道を進むって」

「行きたい道……」

「うん。あれだけの事件があって、私も知らんぷりはできないよ。筑紫くんがお父さんが亡くなったことの真相を突き止めたいって言うなら、それも全力で応援したいし」

「はは……そうか……。ありがとう」

つい最近までの美憂は、父が犯してしまった罪を肩代わりすべく、得た広告収益のすべてを被害者遺族に支払っていた。

遺族側がもう「自分の人生を歩んでほしい」と言ってきてもなお、それでもずっと払い続けてきたんだよな。

その一件もひとまずは落ち着きを見せたわけだし、これからはもう、本格的に自分の進みたい道に進むっていうことだろう。

「ははは……」

俺たちのやり取りを見てどう思ったか、総理が仲部秘書官に小声で問いかけた。

「……久々に痛感したよ。彼らのような有望な若者の道を切り開くことこそが……私の使命だったとね」

「総理……」

「私も頑張らなくてはいけないな。的外れな批判などに心揺さぶられている場合ではない」

総理はそう言って襟を正すと、改めて俺たちを見渡して言った。

「どうかな。さっきも言ったけど、なにより優先すべきは君たちの将来だ。もし学力低下を懸念するなら、政府のほうで何かしらの策を打てるのだが……」

「いえ、大丈夫です」

総理の提案に対し、俺は決然と言い放ってみせた。

「政府の協力は喜んで受けさせていただきますが、試験にも自分たちの力で合格します。ここで甘えることは、きっと父が許しませんから」

「……そうか。本当に嬉しいよ。日本という国に、君たちのような若者がいることが」

そう言いつつ、総理はすっと右手を差し出してきた。

俺と美憂は順番にその握手に応じ、総理の力強い視線を受け止めた。特に理由はないが、その目に嘘はないと感じられた。

「それじゃあ、せめてこれだけは二人に渡させてくれ。今後必要になってくる可能性が高いからね」

総理は懐から二枚のカードを取り出すと、俺と美憂にそれぞれ手渡してきた。

総理大臣の名前と電話番号が記載されているだけの、簡素なカードだな。

「こ、これは……？」

「端的に言えば、警察からの介入を防ぐカードだよ。もしダンジョン外で魔物と戦ったとして、その後、毎回警察の取り調べを受けるのは煩雑だろう？　その処理はこちらで引き受けるから、もしこのようなことがあったときには、記載されている番号にかけてきてほしい」

なるほど、それはたしかにありがたいな。

自分の力で大学入試を頑張るとは言ったが、これから自由時間はめっきり減っていくだろう。月島高校は一応、ここらでは有名な進学校だからな。俺がこの高校を受験したのは将来のためだし、そしてたぶん、美憂も同じだと思う。

だから俺を含めた在校生のほとんどが、有名大学への進学を望んでおり――余計な手間を省けるのなら、たしかにそのほうがありがたい話と言える。

「もちろん、それ以外にも遠慮なくかけてきてくれて構わない。……君たちとは、個人的にも仲良くしたいと思ったところだしね」

「はは……ありがとうございます」

笑みを浮かべつつ、俺はカードをポケットにしまう。

昔はこうして自然な笑顔を意識するのが苦手だったが、少しずつそれがこなせるようになってるな。美憂と一緒に動画配信をやっているおかげで、コミュニケーション能力も少しずつマシになってきていると感じる。

「さて……」

これで話の区切りがついたのか、総理が美憂を見て言った。

「それでは綾月さん、お待ちかねの動画配信タイムだ。もしよろしければ――カメラをまわしてもらえるかい？」

「あ、いいんですか？　そしたらいくつかお願いしたいことがあるんですけど……」

「ふふ、なんでも言ってくれたまえ。チャンネル登録者が増えるように頑張るよ」

第五話　総理大臣、配信に参戦する

ディストリア：1コメ

ヴァドス：1コメ

ゆきりあ：3コメ

ヴァドス：1コメ負けた

ばるふ：お、新参か？　ディストリアニキには勝てないんだぞ誰も

村上：女バレしてもニキ呼ばわりされるディストリアニキ

美里：だってねぇ、あの時のディストリアさんまるで兄貴みたいなかっこよさあったもんねＷＷＷＷＷＷ

ディストリア：《100000円　チケット》　さあミルちゃんに霧島少年、先月から十万のお布施が可能になったというからね。これからもどんどん容赦なく君たちに僕の愛を注いでいくよ。たとえ重い愛だとしても、僕は信じている。君たちならば、僕の気持ちがたとえはくちょう座V1489星を超えたとしても、君たちなら余裕で受け止められるとね

ベルフ：さっそく十万投げるなんてさすがは俺たちのディストリアニキ

ゆーき：ところで今日の配信はいったいなんだ?

ムルレス：!?

ふぁー：!?

バッド：え、総理大臣!?

マーク：まさかの総理大臣は草

立花：は？　こいつの顔見たくないんだが

カルロス：う～ん、国枝が出るなら俺はもういいかな。じゃ

リストリア：そうかな？　別にミルちゃんたちが政党に与してるってわけじゃないと思うけどね

ルーム：いやいや、だとしても総理出すのは違うだろ。動画出てる暇あったら税率下げろよ

リストリア：だから、そうした政治系の動画じゃないんだからこれは。切り離して考えなよ

ディストリア：《10000円　チケット》　いいかいミルちゃんたち。これしきでオタクを辞めるようでは、それは最初からたいした覚悟のない者たちだ。君たちは君たちの進みたい道を進むがいい。僕はいくらでも君らを推すだろう

ばるふ：安定のディストリアニキにちょっと安心するｗ

さっし：でも同接二十万超えてるぞｗｗｗｗ

ファイブ：さすがは総理大臣ｗｗｗｗｗ
みゅう：私は二人を支持するよ！
ずっさ：俺も
エース：俺も
ガンツ：ファッ!?
ゆきりあ：ミルちゃんと霧島少年が、政府公認でダンジョン運営省の闇を突き止めるって!?
リストリア：なるほどね……。霧島くんの強さは全国の人が知ってる。有益な情報があれば彼らに伝えることは、たしかに理に適っているかもしれないね。
リンス：はぁ～すげえな。出世したなあ二人ともｗｗ　まだ高校生なのにｗｗｗ

立花：なるほど。まあ、そういうことなら国枝の言うことにも納得できるか

カルロス：支持率回復に二人を利用したいだけじゃね？

ディストリア：総理の思惑はどうだっていいだろう。僕たちはただただ、彼らの純粋たるオタクなのだから

ゆきりあ：あとはまあ、このチャンネルなら多くの人に拡散されるってのもあるだろ。物陰に隠れれば魔物が襲ってこないって政府が発表してるのに、いまだにそれ知らない奴もいるし

リストリア：たぶん、そういった有益な情報を広めるために、二人は総理と協力することにしたんだろうね。今の政府と手を組んだら自分たちにデメリットもあることくらい、絶対わかってるはずだから

れっく：でも、おかげで同接がどんどん増えていってるなｗｗ

みゅう：《10000円　チケット》　国枝はどうでもいいから、霧島くんをもっと映し

てよ

美里：霧島くんもっとかっこよくなってるよね

ゆきりあ：霧島少年、最近色気すげぇよなｗｗｗ　とっくに女いると思ったほうがいいぞｗｗｗ

みゅう：は？　駄目だから。霧島くんは絶対渡さないから

みんと：《３００００円　チケット》霧島くん！　私おっぱいＦカップあるよ！　触りにきて！

みんと：《３００００円　チケット》霧島くん！　私おっぱいＦカップあるよ！　触りにきて！

みんと：《３００００円　チケット》霧島くん！　私おっぱいＦカップあるよ！　触りにきて！

ばっふ：アピールやばすぎて草
プラム：まとめると、ダンジョン外で魔物が現れたら警察に通報して、その警察から二人に連絡いくってことでおｋ？
ジャスティア：おｋ
まる：おｋ
ジャックス：あとはまあ、危険なダンジョンは二人の動画が政府への情報提供になるらしいな。だから警察に封鎖されてるダンジョンでも、ミルちゃんなら配信していいってこと
ハーネス：おお、それはかなり大盤振る舞いだな
リストリア：まあ、たぶんそれだけ国も二人の力を必要としてるんだと思う。特に霧島少年の強さは、動画を見てる人なら誰でもわかるだろうしね

やいこ：これで他のチャンネルと大きな差別化になったね。まだまだチャンネル伸びるんじゃない？

ふぁす：でもいくら霧島くんでも、ダンジョン外で戦うのは無理じゃね？

ばるふ：⁉

鎌倉：ファッ⁉

パール：マ⁉

カーレス：へ？　いま霧島少年なんて言った？

美里：ダンジョン外でも戦えるスキルを手に入れたんだって！　すごすぎる！

リストリア：ははは……。本当にとんでもないね霧島くんは……。

ふぁす：もはや神の領域にまで達している男

みんと：《３００００円　チケット》霧島くん！　私おっぱいＦカップあるよ！　触りにきて！

みんと：《３００００円　チケット》霧島くん！　私おっぱいＦカップあるよ！　触りにきて！

みんと：《３００００円　チケット》霧島くん！　私おっぱいＦカップあるよ！　触りにきて！

ゆきりあ：胸触ってもらうがために高額課金してる奴いて草

ベルフ：それでもディストリアニキが一番お布施してるあたり、絶対強者感あるよな

みゅう：霧島くんは渡さない

カーレス：でもまあ、これで唯一無二のチャンネルになったよな。ダンジョン運営省の闇を取り上げる動画が最近増えてきたけど、政府公認のやつはなかったし

第六話　ビジネスカップル

総理と別れたあと、俺たちは駅前のカフェに寄ることにした。

さすが行政のトップが配信に協力してくれただけあって、ＳＮＳを見てみると「綾月ミル」「霧島筑紫」「国枝総理」「霧島くんおっぱい触って」というトレンドで満ちていた。

……最後のはよくわからないが、いずれにせよ、世間の注目が俺たちに集まっていることは否めない。

だから少し値段は張るものの、俺たちが寄ったのは個室付きのカフェだ。

もちろん高校生がおいそれと来られるような場所ではないが、こういう敷居の高い飲食店に来られるようになったのも、すべて美憂のおかげだ。もちろん普段から贅沢しても良いことはないので、金はあってもあまり散財はしないようにしているが。

「はぁ～、どっと疲れたね……！」

注文を終えたあと、美憂が向かい側の席に思い切りもたれかかった。

「まさか総理と会えるなんてねぇ。しかも一緒に配信してもらって、政府公認の協力者として認められて……。なんかすごいことになってるよ」

「はは……間違いない」

弥生の事件があってから、世論は大きく動き出すことになった。

ダンジョン運営省の存在意義について疑問視する声が高まり、それにつられるようにして、内閣支持率も急下落。俺は政治にはまったく詳しくないが、たぶん他の要因も相俟って、国枝内閣の退陣を求める声が日毎に強まっている。

そうなると必然、この件を取り上げる動画配信者も増える。

なかにはあからさまな嘘をでっちあげて、無駄に再生数を稼ごうとする不届き者もいたくらいだ。

しかし、今回の一件で、俺たちのチャンネルはそれとは大きく一線を画すことになった。

実際に弥生の暴動を引き留めた当事者であり、しかも政府公認の協力者として任命された探索者――。

申し訳ないが、こればかりは他の配信者にはない差別化ポイントだと思う。

もちろんそのぶん責任もついてまわるが、今回の決断を後悔するつもりもない。

「すごい、今の配信でチャンネル登録者が一万人近くも増えたよ」

「マ、マジか……。すごいな」

スマホを眺めながらそう呟く美憂に、俺も驚きを禁じえない。

「そうなると、今の登録者は何人？」

「一千二百万くらいかな。すごい伸び具合だよ」

「はは……。もはや現実味がないね」

俺が美憂と出会ったばかりの頃は、チャンネル登録者はちょうど一千万人くらいだったはず。

それがこんなにも順調に伸びているとなると――俺も嬉しくなるよな。

今は急成長中のチャンネルだが、当時はやや伸び悩んでいたわけだし。

「お待たせしました。こちらアールグレイティーとカフェラテです」

と。

そんな会話を繰り広げているうちに、カフェの店員が飲み物と食事を持ってきてくれた。

「それから〝濃厚ショコラとクラシックプリン〟と、〝うっとり幸せチーズケーキにチョコソーストッピング二倍〟です」

後者を頼んだのはもちろん俺だ。

そしてこういうとき、店員が甘ったるいほうを美憂に差し出そうとするのも定番の流れだった。

「あはは……。本当にすごいよね筑紫くん。私でもそんなに甘いの食べられないよ」

「ほへ？　はんへ、ほんはにおいひいほに？（なんで、こんなに美味しいのに？）」

「もう、口にチョコソースついてるし」

美憂は苦笑しつつ、俺の口についたチョコソースをティッシュで拭いてくれた。

詳しいことはよくわからないけれど、その瞳がなんだかすごい母性に満ち溢れていた。

「ご、ごめん……。甘いものを見ると興奮しちゃって、つい……」

「いいの。こういう筑紫くんも、ギャップがあって可愛いから」

美憂はそう言うと、ちびちびとプリンを食べ始めた。

そして目を輝かせて「美味し～～い♪」と言っている美憂に、俺も少なからず胸が高鳴った。

普段はキリっとした様子で魔物と戦っているのに、こういう隙のある一面もあって……やっぱり、俺にはもったいないくらいの女の子だと思った。

けれど、それを素直に口にするのは憚られた。

俺のような陰キャが彼女を褒めたって、ただ気持ち悪いだけなんじゃないか。それだったら最初から何も言わないでおいたほうが、変にこじれずに済むんじゃないか。

結局は自分に甘いだけなんだが、いつもそんなふうに気後れしてしまっていた。

美憂はいつも俺のことを褒めてくれる。魔物に勝った時はかっこいいと、いつも素直に賞賛してくれる。

でも俺にはそれができなくて——最近はこれが悩みになっていた。

弥生の一件があってから「自分に自信を持つ」と決心したものの、やはりこと恋愛においては、より消極的になってしまうのだ。本当に彼女は、こんな俺と一緒にいて楽しいんだろうかと。

「……筑紫くん？　どうしたの？」

「あ、いや、ごめん。なんでもないんだ」

俺はそう言ってパフェを口にかきこむと、今度こそ自分で口回りを拭きつつ、美憂にこう提案した。

「そういえば、ビジネスカップルの収録もしたいって言ってたよね。今日は俺もこのあと暇だから、美憂でよければいけるけど」

「あ、ほんと？」

その瞬間、美憂の顔がぱあっと輝いた。

「それじゃあ、善は急げね！　さっそく家に帰ろう！」

なぜだか妙に嬉しそうな美憂だった。

▶第七話 陰キャ、大人の階段をのぼる

「お邪魔しま～す」

というわけで。

俺は再び美憂の家に足を運んでいた。

例によって、彼女の母はいない。美憂の広告収益だけに頼りきりにならないよう、自分自身も働きに出ているようだからな。

「…………」

彼女の家にお邪魔するのも、これでもう何度目になるか。

収録のたびに訪れている場所ではあるが、やっぱり男子高校生の俺には刺激が強すぎる。綾月ミルといえば、多くの男性がお近づきになりたがっている超有名人なのだから。

「ん？　どうしたの筑紫くん、立ち尽くしちゃって」

「あ、ごめんごめん」

苦笑いを浮かべつつ、俺はひとまず自身のバッグを床に置く。

そしてその中から、ひとつのクリアファイルを取り出した。ビジネスカップル動画の内容はほとんど美憂が考えてくれているので、その台本がここに収まっている形である。

「えっと、今日はどれをやるんだっけ？」

「そうだね……。十五番にしよっかな」

「十五番……」

オウム返しに呟きつつ紙をめくっていき、やがて右下に十五番と書かれた台本を見つけた。

「え、美憂。これって……！」

「うん、そう♪」

あっけらかんとする俺に対し、美憂はなんでもないことのように応じる。

「動画のコメント欄見てると、やっぱりそろそろかなって♪」

「そ、そろそろって……」

――高校生カップルの初体験あるある。

該当の紙にはこんなタイトルが書かれていて、しかもその内容も規約ギリギリを攻めていて……。

健全な男子高校生たる俺には、やはり刺激が強すぎた。

「で、でもまあ、エロ系の動画は伸びやすいしね。これでさらにチャンネル登録者数は増えるはず……」

「ふふ、そうね」

なぜか少し儚げな笑みを浮かべると、美憂はシャツの一番上のボタンだけを外した。

「……でもね、今回の目的はそれだけじゃないんだよ」

「へ…………」

俺が目を瞬かせている間に、美憂はそのまま仰向けにベッドに寝転んだ。

沈黙が降りた。

時刻は十六時過ぎ。

電気をつけなくてもギリギリ明るいくらいの部屋で、俺は黙って立ち尽くしていた。

カラスの泣き声が一帯に響き渡る。近くを通った車のエンジン音がやけに大きく聞こえる。

——これはいったい、どういうことだ。

一瞬テンパってしまったが、これはリハーサルなんだろうと思いなおす。さっき目を通した台本にもこのシチュエーションが書いてあったのに、俺はいったいなにをやってるんだ。

「…………」

おそるおそるベッドに歩み寄ると、彼女は片腕で両目を覆っていた。

わずかな息遣いだけが彼女から伝わってきて、さっきから心臓の高鳴りが止まらない。

——いやいや、こんなところで臆している場合じゃないだろ霧島筑紫。

これはあくまで収録のリハーサル。余計なことを心配する必要はない。チャンネルの登録者数を増やすためにも、ここは腹を括らなくては……！

と。

「…………っ⁉」

がばっといきなり彼女に後頭部を抱えられ、俺は一気にベッドに引き寄せられた。

彼女の甘い香りが鼻腔をくすぐってきて、途端に思考がぐちゃぐちゃになる。

「ちょ、美憂……！」

おかしい。

こんなこと、台本にはなにも書いてなかったぞ……⁉

「ふふ、筑紫くんって本当にまっすぐだね。もしかしてリハーサルだと思った？」

「う……うるさい」

「怒らないでよ、もう」

ぷくりと頬を膨らませる美憂に、俺はまたしてもドキッとしてしまう。

こういうとき、素直に彼女の可愛らしさを褒められたらもっといいのかもしれない。それかここは、一気に身体を重ね合わせたほうがいいのかもしれない。

――けれど、やっぱり異性経験のない俺には、このあたりの踏ん切りが全然つかなかった。

「…………」

黙りこくる俺に向けて、美憂はなにを思っただろう。

俺の後頭部を抱きかかえた状態で、ぼそりと呟いた。

「……それじゃ、これからリハーサルね。ここで筑紫くんは、私になんて言うんだっけ」

「えっと……」

数秒だけ記憶を辿らせると、俺は台本にあった言葉を思い出しながら言った。

「――――好きだ、ミル」

「…………っ」

美憂の耳元でそう囁くと、彼女はなぜか大きく目を見開いた。

俺を抱きかかえる力が、少しだけ強まったように感じられた。

「…………筑紫くん。実はね、私も……」

「へ？」

「あ、あははは。ごめん。なんでもない」

美憂はそう言って乾いた笑いを浮かべると、俺から後頭部を離した。

「それじゃ、リハーサルはこれでおしまい。これから収録はじめよっか」

「う……うん」

なんだか微妙な雰囲気で、ビジネスカップルの収録が始まるのだった。

第八話 美憂もあと一歩を踏み出したい

私――綾月美憂にとって、筑紫くんはとても特別な人だった。

初めて出会ったときからそうだった。

Aランクの緊急モンスター――紅龍ギルガリアスから私を守ってくれて。

自分の安全をそっちのけで、一生懸命に戦ってくれて。

いくら事情があったとはいえ、学校のいじめを見て見ぬフリをしてしまった私は最低だ。なのに彼はそれを気にするふうでもなく、普通に私を受け入れてくれている。それどころか、今でも動画投稿に協力してくれている。

おかげで一時は低迷しかけていた動画チャンネルも、今ではすっかり勢いを取り戻した。

チャンネル登録者数が一千二百万を超えるのは、世界的に見てもなかなかにレア。収益も以前と比べて格段に増えたので、本当に筑紫くんには頭が上がらない。

それゆえに、こうなることはある意味で必然だったと思う。

――筑紫くんを単なる同級生としてではなく、好きな男の子として意識し始めることが。

苦しかった。

彼は女性視聴者からものすごく人気だ。

今日なんか「おっぱいを触ってほしい」というギャグのような言葉がトレンドにあがっていたが、たぶんあれは嘘ではない。本気で筑紫くんに抱かれてたがっている女性が世界中にいて、そんな彼女たちが全力で筑紫くんにアピールしている……。

そんな恐るべき状況が、冗談ではなく現実のものとなっている。

もちろん、私とてそれなりに有名人だ。言い寄ってくる男の子は結構多いし、最近はなんと、チャンネル登録者一千万人の宮本浩二から食事に誘うDMが届いた。

宮本浩二といえば、まさにアイドルのごとき容姿を誇る有名配信者だ。中性的ながらも男らしい風貌に、多くの女性視聴者が虜になっているという。

投稿されている動画のジャンルは、私と同じダンジョン配信。

命がけで一般探索者を守ろうとしている動画は、文字通り多くのファンを作り出した。一部界隈では「やらせではないか」という疑惑があがっているが、そんな声を封殺するくらいの人気っぷりなのだ。

この宮本浩二、実は探索者としてのランクはそこまで高くない。

せいぜいが中級のCランクあたりではなかろうか。

にもかかわらず、いざというときには勇気を発揮するので、特に女視聴者はメロメロなのである。

そんな宮本浩二から声をかけられたら、おそらく喜ぶ女性は多いだろう。

けれど……私はまったく心が動かなかった。

たしかに宮本浩二はかっこいいと思う。誰もが認めるイケメンだし、私もそれを否定するつもりは毛頭ない。

でも、だとしても、私は筑紫くんのほうが好きだった。

紅龍ギルガリアスから、身を挺して私を守ってくれたとき。郷山弥生から炎上しかねないネタが暴露されても、それでも私を守ってくれたとき。

そんなふうに、優しくて強くて頼もしい筑紫くんのほうが、何倍も魅力的に感じられたから。

髪型を整える前で、外見にあまり気を遣ってなかった頃から——彼のことが気になって仕方なかったから。

彼のことを考えると、もう他のことに手をつけられなくなる。彼の一挙手一投足にはどんな意味があったのかと、考え続けては思考の沼にはまってしまう。

だから「初体験あるある」の収録が終わってからも、私の胸は高鳴りっぱなしだった。


——好きだ、ミル。


たとえこの言葉が台本通りのものだったとしても、このとき味わったドキドキ感を一生忘れられそうにない。

結局あのあとは甘い言葉の掛け合いをするのみで、ドキドキしすぎて初体験できなかった～という「あるあるネタ」で終わる。

それはそれで動画としては面白いかもしれないが、その一方で、彼とならより深い関係に進みたかったという思いが捨てきれない。

「あはは……駄目ね。私も」

夜。

筑紫くんが家に帰っていったあと、私はベッドで何度も寝返りを打っていた。

本当はもっと積極的になりたいが、やはり学校でのいじめを放置していたという負い目がある。

こんな私が彼と本当に一線を越えてもいいのかと……すんでのところで踏みとどまってしまうのだ。

私はただ、彼の優しさに甘えているだけ。

心の弱い私なんかよりも、彼にふさわしい人がいるかもしれない。

そう思えば思うほど、なにもできなくなるのだった。

実際、筑紫くんをベッドに引き寄せたとき、彼はあれ以上なにもしてこなかった。

筑紫くんは青春真っ盛りの男子高校生。

女の子には強い興味があるはずだし、月島高校の男子生徒たちもまた、隠れて際どい話をしているのが聞こえてくる。

だから彼も本当は一線を踏み越えたかったはずなのに、そこまでの行動を取ってはこなかった。

それはきっと私に魅力がないからじゃないかと、少し自信を失いつつあるのが現状だった。

彼は優しい人だし、このことを口に出すことはないと思う。
けれどいじめを放置していたという事実は消えないし、そんな人に魅力を感じるかといえば
——私には断言できない。

——————好きだ、ミル。


「ううう……！　また彼の声が……！」

あのときの筑紫くんの声が再び脳内再生されて、私は思わず悶絶してしまう。

これぱかりはもう、抑えようと思っても抑えられるものではなかった。

と。


『やっほぉ～、ミルちゃん♡　ねえねえ、僕が宮本浩二ってわかってるよね？　配信者の宮本だよ？　そこいらの男とは違うんだから、無視はしないでほしいなぁｗｗ』

『っていうか、あの霧島筑紫って人と付き合ってるの？　あんなクソ陰キャなんかよりさぁ、僕と一緒にいたほうが楽しいじゃん。僕に鞍替えしたほうがいいと思うよ？』

『これはミルちゃんのためでもあるんだよ♡　これに気づいたら無視しないで、絶対に返事してね！　もう一回言っておくけど、僕はチャンネル登録者一千万の宮本浩二だからね！　偽者じゃないよ』

「うわ……。またきた」

筑紫くんの声に悶えていると、またしても宮本浩二からDMが届いた。

本アカからDMが届いてきているし、これが偽者じゃないことはわかっている。いきなり馴れ馴れしく話しかけてくるところもまた、有名配信者の宮本そっくりだ。

けれどまあ、やっぱり彼に心移りすることは絶対にない。

同じ女性配信者の間では、彼が軽い男であることは有名な話だ。俗にいうヤリ目で、好きなだけ身体の関係を持った後は、なんの躊躇もなく女性を捨てようとする。

そんな噂が流れているような男と、距離を縮めるつもりは毛頭ない。

私の評判も一緒に落ちてしまうのが目に見えている。

『ねぇ？　なんで無視するの？　ミルちゃん、やっぱりおかしいよ？　僕が声かけてるんだよ？』

『気づいたらすぐに返事してね！　じゃないと許さないよ？　僕が勇気ある探索者だってこと、君もよくわかってるよね？』

「う、うわ……」

こうやって間断なくDMを送ってくるあたり、本当に恐ろしい男である。

しかも私たちは面識があるわけじゃなく、実際に会ったこともコラボ配信をやったこともないというのに。

——怖いから、この男は今のうちにブロックしておこうかな……。

そんな思いを込めて、私は宮本浩二からの連絡を届かないようにしておいた。

見た目がイケメンで、毎日のように大勢から持て囃されて、チャンネル登録者数が一千万に達するほどの有名人で……。

そんな人からアプローチされたら、女性の多くは舞い上がるかもしれないけれど。

「やっぱり、私は筑紫くんが一番だな……」

私はそう呟くと、枕をぎゅっと握り、筑紫くんのかっこいい声を再び思い出すのだった。

——好きだよ、筑紫くん。

第九話 陰キャの新しい日常

弥生との一件があってから、俺の学校生活は大きく変わった。

まずは当然ながら、俺へのいじめはもう皆無。郷山はもう停学になったし、その取り巻きたちも同様の措置を受けている。

また当の郷山については、結局転校しないことを決めたようだな。

こうして厳しい処分を受けたのは、紛れもなく自分自身のせい。現一年生と同じ学年になるのは屈辱以外の何物でもないだろうが、それも含めて、自分が受け入れるべき罰――。

そのように語っていたのである。

ほんと、あの事件を経て郷山も大きく変わったよな。

学校ではもうしばらく出会わないだろうが、機会さえあれば、一緒に話し合う時間を設けてもいいのではないか……。俺自身もまた、そう思えるようになってきた。

「さて……。問題はここからか……」

朝八時半。

月島高校の校舎が見えてきたあたりで、俺は周囲の様子を見渡した。

「やっぱり……いるな……」

総理とのライブ配信を行った翌日。

SNSのトレンドにあがっているくらいだから、もしかすれば報道陣も訪れるかもしれないと思っていたが――。

案の定、いたな。

仰々しいカメラを持った人の群れと、マイク片手に演技っぽく喋りかけているレポーターたちが。

「さあさあ、ここが人気配信者の霧島筑紫くん、そして綾月ミルさんが通っている学校です！」

「ああ、見てください！　我々報道陣だけじゃなく、ファンと思われる方が大勢押し寄せています！　ちょっとあの子に話しかけてみましょうか！」

「え？　私ですか？　私はただ、霧島くんにおっぱい触ってもらえればいいなって……」

「へ、おっぱ……。そ、そそそうなんですね！」

他にも「ミルちゃんラブ！」「霧島くん世界一」と書かれた垂れ幕を掲げている男女がおり、校舎前はとんでもない大混雑に陥っていた。

教師陣は止めに入っていたが、マスコミも簡単には引き下がらない。

「どうか霧島くんから一言！」

「ミルさんからもコメントをいただきたいです！」

と懸命に食い下がり、なんともカオス状態となっていた。

「まずいな……。どうしようか……」

美憂のチャンネルに登場し始めたばかりの頃は、彼女から茶髪キノコヘアーのウィッグをもらった。普段の俺とは印象がまるで違うので、当時はまだ、このウィッグを被るだけで報道陣を切り抜けることができた。

だがまあ……やっぱりマスコミは嗅覚が鋭いんだろうな。

同様のウィッグを身に着けて帰宅しようとしたとき、なんだか妙に視線が突き刺さってきた記憶がある。声かけまではされてないが、気づかれている可能性は大いにあるんだよな。

だから今回はまた別のウィッグを買ってきたが、果たしてこれでどうにかなるのだろうか……。

「やっほ、霧島くん」

俺がそんなふうに悩んでいると、ふいに背後から声をかけられた。

——塩崎詩音《しおざきしおん》。

同学年の女子生徒であり、名前の通り、男子生徒を塩対応であしらっていることで有名な女の子だ。

「あ……詩音さん」

そして俺は、彼女の要望により、下の名前で呼ぶことを義務付けられている。

はっきり言って違和感しかないんだが、断ると泣きそうになるので致し方ない。

「ふふ……人気者は大変ね。記者たちをどう撒こうか悩んでる感じ？」

「そ、そうなんだよ。ウィッグで切り抜けるのも、なんだか限界がある気がして……」

「そしたら、どう？　ちょっと家に帰って、私とえっちなことをしてみるのは」

「全然会話が噛み合ってないんだけど⁉」

思わず大声で突っ込んでしまう俺。

こういう不思議な一面もまた、詩音ならではの個性といったところだろう。

「むう……残念。ＳＮＳのトレンドにあがる前から私は霧島くんにおっぱいを触ってほしくてそのための修行を毎日のように積み重ねてきたのにそれでも霧島くんは私にまったく振り向かないやっぱりこういう誠実なところが他の男と違うところ……ぶほっ」

「し、詩音さん？」

そのまま勢いよく鼻血を出してしまう詩音だが、彼女はいたって真顔。

しかもまったく微動だにしていないので、心配していいのかどうかが全然わからなかった。

「だ、大丈夫？　ティッシュある？」

「うん。持ってるけど、霧島くんのティッシュが欲しい。ちょっとえっちだから」

「な、なにを言ってるんだよさっきから……」

ため息をつきつつ、俺は持っていたポケットティッシュから数枚を彼女に差し出す。

詩音は両手でそれを受け取ると、なにやら拝むような仕草をしてから、ありがたがるようにティッシュを鼻に突っ込んだ。……こうして黙っているだけなら、彼女はめちゃめちゃ可愛いんだけどな。

「推しからティッシュをもらえた。同担から嫌われないように、鍵垢で呟くようにします」

「そ、そっか……」

なにを言っているのかがよくわからなかったので、とりあえず頷いておく俺。

「………それは置いといて、霧島くんが悩んでるのはこの場を切り抜ける方法だよね。もし本当にウィッグのことがバレてるんなら、たしかに悩みどころだね」

「う、うん。そうなんだ」

やっと話題が戻ってきたと思い、安堵を覚えつつそう答える。

「昨日、霧島くんは国枝と一緒に対談してたじゃん。そのとき、何か政府に特別待遇してもらう的な話はなかったの？」

国枝というのは、もちろん国枝総理大臣のことだろう。

いくら行政のトップといえど、国民からは呼び捨てか〝さん〟付けで呼ばれるもんだよな。俺だって普段は、国枝さんと呼んでるし。

「は、話はあったけど、それは……って、あ」

そこまで言いかけて、俺は総理の言葉を思い出す。


――端的に言えば、警察からの介入を防ぐカードだよ。

――もちろん、それ以外にも遠慮なくかけてきてくれて構わない。……君たちとは、個人的にも仲良くしたいと思ったところだしね。

たしかにこれを使えば、総理が気を利かせてマスコミを遠ざけてくれるかもしれない。

他にこの状況を突破する方法はないため、とにかく破れかぶれで特攻してみるか。

「ごめん詩音、ちょっと電話してもいい？」

「おっけ。じゃあ私は誰か来ないか見張っておく」

詩音がそう言ったのを合図に、俺はポケットからスマホを取り出した。

総理から貰ったカードには、言うまでもなく外部には漏らせない情報が書かれているからな。

万一どこかでなくすことがないように、カードを持ち歩くのではなく、記載されていた番号を登録してある。

「……もしもし」

その番号に電話をかけると、聞き覚えのある声がスマホ越しに響いてきた。

「突然すみません。霧島筑紫です。総理からこの番号を知らされまして……」

「ああ、霧島様ですか。昨日ぶりですね。秘書官の仲部です」

なるほど、秘書官が電話に出てくれるのか。

一回でも会ったことのある人物で安心した。

「どうされました？　緊急事態ですか？」

「いえ、そういうわけじゃないんですけど。いま学校前に多くの記者たちがいて、ちょっとあれじゃ入れないので、可能ならどうにかできないかなと……」

「……はあ、またマスコミの連中ですか。ほんとにしつこいですね、彼らも」

そう呟く仲部の声からも、呆れと怒りが入り混じっているように感じられた。

総理の秘書官として、やはり彼女も思い当たる節があるのだろう。

「わかりました。彼らが霧島様のもとに押しかけているのは、まず間違いなく政府の協力者になったからでしょう。……であれば、こちらも協力する義務があります」

「ありがとうございます。助かります」

まずはお礼を述べつつ、俺は真っ先に浮かんだ疑問を仲部に問いかける。

「……でも、どうするんですか？　政治の世界は俺にはわかりませんが、まさか記者たちに圧力をかけられるわけじゃありませんよね？」

「はは、そうですね。支持率が下がっている今、そんなことをする力は正直ありません」

電話越しで仲部の笑い声が聞こえた。

「ですがまあ、マスコミの皆さんが欲しがるネタをちらつかせることはできます。言い方は悪いですが、それを餌にするんですよ」

……なるほど。

俺の突撃取材よりももっと美味しいネタを交換条件にして、マスコミたちを退散させるつもりか。

たしかにそれなら有効そうだな。

「……大丈夫ですか？　ご迷惑おかけしませんか？」

「いえいえ、ご心配なさらず。もともとは政府が蒔いた種ですし、なんだかんだと国枝政権は十五年も続いています。この手のことには慣れていますよ。――他にご心配はありませんか？」

「あ、はい。あとはもう大丈夫です」

「わかりました。五分もすればマスコミたちは撤退すると思います。当分は学校に押しかけないように言い含めておきますから、そちらも合わせてご安心ください。では」

そうして電話が終わった後、記者たちは本当に校舎前から撤退していった。

しかも全員が同じ方向に向かっていったから、仲部が言っていたように、なんらかの情報を交換条件にしたんだろう。

「………すごい」

すっかり静かになった光景を見て、詩織が目を輝かせていた。

「霧島くん、ついにマスコミたちをも動かすようになったの？　もしかして裏社会の人間？」

「いやいや、そういうわけじゃないけど……」

「やっぱり霧島くんには私のおっぱいを触ってほしい。初めては霧島くんじゃないとやだ」

「なにを言ってるんだよ、もう……」

ため息をつきつつ、俺は校舎の方向に足を向ける。

「そんなことより、もう少しで始業時間になるよ。早く行かないと」

「………霧島くん。本当は私……」

「え？　なにか言った？」

「あ、ううん。なんでもない」

なんだか意味深なことを呟きかけていた気がするが、いったいどうしたのだろうか。

詩音は首を横に振ると、これ以上はなにも言わず、黙って俺の後ろについてくるのだった。

▶第十話　陰キャ、他配信者より上をいく

『どうか二人に調べてほしいところがあります。埼玉県の《川越ダンジョン》で、時おり魔物の声が聞こえてくると話題になっています。よろしくお願いします』

『川越駅前にある《川越ダンジョン》の調査を動画にしてくれませんか？　前にも魔物が飛び出してきてて、とても危険なところだと思います』

『もう知ってると思うけど、《川越ダンジョン》を探索してほしい』


「……ほんとだ。すごい依頼がきてる」

「でしょ？　さすがに放っておけないと思ってさ」

美憂にスマホ画面を見せられ、俺は無意識のうちに感嘆の声を発していた。

――仲部に電話をかけてから、およそ一週間後。

俺は美憂に連れられて、埼玉県川越市に向かっていた。

彼女に言われて気づいたが、ここ最近、《川越ダンジョン》の探索依頼のDMがひっきりなしにきているんだよな。

奥から魔物の声が聞こえてくるということで、ＳＮＳでもその動画がかなりバズっていたと記憶している。

しかも過去には、そのダンジョンから魔物が飛び出してきたということで……。

政府から協力依頼を受けている身としても、やっぱりこれは放っておけないよな。

そういうわけで、今回はこの《川越ダンジョン》に足を運ぶことにしたわけだ。

「あ、ついたよ。筑紫くん」

美憂に腕を引っ張られ、電車を降りて駅の改札を出る。

《川越ダンジョン》はそこから徒歩五分の距離にあり、人々の往来が多めであることを鑑みても、このまま放置しておくのは危険と言えた。

「………」

念のため背後を振り返ってみるが、マスコミの人間が追いかけてきている様子はない。

以前まではこっそりと記者たちがついてきていることも多かったが、それもすっかり鳴りを潜めているな。政府の要請がしっかり働いているんだろう。

有名配信者の仲間入りを果たしたことで、生活にはかなりの余裕が出てきた。

ただそのぶん身を隠すことも増えてきて、若干の息苦しさを感じることもあったが……。

こうして政府がマスコミを遠ざけてくれるなら、総理との約束もまったくメリットがなかったわけじゃないよな。特に今の時代、不用意な発言が炎上に繋がることもあるし。

「美憂。《川越ダンジョン》の難易度って知ってる？」

「うん。平均レベルはけっこう高めで、Bランクの魔物が沢山うろついてる。中にはAランクの魔物もいるから、油断はできないね」

「そっか……。それは気を引き締めないとな」

使用可能な《ルール無視》一覧

・薬草リポップ制限時間　無視
・相手の攻撃力　無視
・炎魔法使用制限　無視
・ＭＰ制限　無視
・三秒間の時の流れ　無視
・地魔法使用制限　無視
・風魔法使用制限　無視
・ダンジョン外での能力制限　一時無視
★氷魔法使用制限　無視
★音魔法使用制限　無視

弥生との一件を経てからも、俺たちは定期的にダンジョンに潜っては配信を繰り返していた。

そのおかげで、俺は新たに「氷魔法使用制限　無視」「音魔法使用制限　無視」という二つの新能力を得ている。

氷魔法は相手を一定の確率で氷漬けにすることができるし、音魔法は少々わかりにくいが、敵への催眠効果があるんだよな。あとは相手の魔法防御力に依存されず、常に一定のダメージを与えることができるので、場面によっては非常に便利な魔法といえた。

……だが、だとしても《川越ダンジョン》はかなりの難易度を誇るダンジョン。

美憂と一緒なら万に一つもないと思いたいが、油断は大敵だからな。気を引き締めてダンジョン探索にあたる必要があるだろう。

「あ…………」

しばらく歩みを進めていくと、ダンジョンの近辺に規制線が敷かれているのが見て取れた。

しかも警察官が数名ほどいて、周囲に厳しい視線を張り巡らせているのがわかる。ダンジョンの外に魔物が現れたということで、おそらく警戒を強化しているのだろう。

こうなってしまってはもちろん、一般人はダンジョンに近づくことさえできない。

探索者であれば一応話は聞いてもらえるが、相応の実力がなければ、探索することも許されないんだよな。

近年は過激な配信者が増えており、無理に規制線を乗り越えようとする者もいるが――。

もちろん、俺たちの場合はそうした強硬突破をする必要はない。総理から直々に、協力の依頼を受けているからな。

「おいおい、君たち困るよ。ここから先は……」

現に一名の警官が、ダンジョンに近づく俺たちに声をかけようとしてきたものの。

「おっと、これは失礼。霧島筑紫くんに綾月美憂さん。君たちだったか」

俺たちの姿を確認するや、素直に身を引いてきた。

まさか一瞬にして事情を理解されるとはな。

警察官全体に、政府からの通達があったのかもしれない。

「いやあすまないねえ。SNSで話題になってるからか、ここには配信者たちがいっぱい押し寄せてくるんだよ。たいして実力もないのにねぇ」

「は……ははは。そうでしたか」

警察の言葉に、俺も乾いた笑いを禁じえない。

やはりダンジョン配信を行っている者にとっては、話題の場所に潜りたくなるんだろうな。

そのほうが確実に再生回数も伸びるし、他動画との差別化もできる。

もしくは無理やり突撃することで、炎上を狙っている配信者も少なからずいるだろう。

だがもちろん――そのような姿勢は間違っている。

面白い動画をあげないと視聴回数を稼げないのはわかるが、だからといって他人に迷惑をかけていいものではない。

そうした者たちに限って《正義のため》だの《必要としている人がいる》だの言い張っているが、あまりにも馬鹿馬鹿しい論点ずらしだよな。

他人に迷惑をかけることで成り立つ正義など、そんなものは自己満足でしかない。

「……もしかして、君たちも《川越ダンジョン》を探索しにきたのかい？」

「はい。視聴者さんからの情報によれば、ここから魔物の声が聞こえるという話もありますので……」

「なるほど、そうだったのか。――いや、ダンジョン探索にかけては君たちのほうがベテランだ。僕たちのほうで何か言うつもりはないよ」

警察官はそう言うと、他二名の警察官に目で合図を送る。

すると、さっきまで入口を塞いでいた彼らがその場をどいてくれた。

「……君たちの強さは承知しているが、どうかくれぐれも気をつけてほしい。配信もほどほどにするんだよ」

「はい。俺たちはあくまで、政府と視聴者さんにダンジョンの現状を知ってもらうために配信するので……危険なことがあったらすぐに取りやめます」

「ふむ。そうだな。それがいい」

美憂の言葉に、警察官も満足そうに頷いた。

「……ともあれ、気をつけて行ってきてくれ。武運を祈ってるよ」

「はい、ありがとうございます……！」

かくして、《川越ダンジョン》の攻略が始まるのだった。

第十一話　陰キャたちの新しい無双劇

「うお……」

ダンジョンの内部に足を踏み入れた瞬間、俺は思わず声を発してしまった。

「な、なんだこれ……。もともとこんな場所だったのか……？」

「さ、さすがに違うんじゃないかな……？　ちょっと不気味すぎるよ……」

薄暗い通路があって、その各所に魔物がいて、ダンジョン外では見られない植物や鉱物があって……。

そこまでは通常のダンジョンと同じなんだが、全体に怪しげな雰囲気が漂っている。

一言でこれを表現するとすれば……「漆黒の瘴気」になるだろうか。

とにかく不気味な瘴気が一帯に充満していて、なんとも居心地が悪いんだよな。どことなく腐敗臭が感じられるのもまた、この場所のおぞましさに拍車をかけている。

さらに特筆すべき点は、そこかしこで蛍のような虫が宙を浮いていることか。蛍より一回りも大きなその光球は、たしか総理がいた極秘ダンジョンにもあったはずだ。

「ほら見て、筑紫くん」

そう言って美憂が差し出してきたのは、配信の親機となるスマホ画面（ちなみに彼女はとうに綾月ミルとしての変装を済ませている）。

リストリア：ふむ……。これは見たことないね。かなり怪しい空気を感じるよ

ヴァドス：あんま無理すんなよ二人とも

美里：霧島くん、絶対怪我しちゃ駄目だよ？　絶対だからね！

ディストリア：《100000円　チケット》僕もそれなりに探索者としての歴が長いけれど、こんな現象はまったく見たことがないね。くれぐれも気をつけてくれたまえ。

「こ、これは……」

視聴者たちも、この異様な空気に違和感を覚えてるってことか。

やっぱりこれは――ただならぬ状況だな。

「グオオオオオッ……！」

「グアアアアアッ…………！」

心なしか、徘徊している魔物たちも通常より凶暴化している気がする。

いくら総理に表彰された身といえど、決して油断できる状態ではないだろう。

「一緒に行こう、ミル。もし君になにかあったら、俺が絶対に守るから」

「う、うん……！　私も頑張るね」

美憂はそう言って頬を赤らめると、なぜか少し嬉しそうに先へ歩き出した。


そうして十分ほど進んだ頃だろうか。

「ぁぁあああああああああ……！」

「離して、離してよぉ！」

ふいに大きな悲鳴が聞こえ、俺と美憂は互いに顔を見合わせた。

そしてそのまま間髪入れず、悲鳴の聞こえた方向へと走り出す。

探索者としての本能が告げている。

これは様子を窺っている場合ではない。

一刻も早く現場に向かわねば手遅れになる――！

果たして状況は極めて危機的だった。

探索者と思われる二名の少女たちが、魔物を前に尻餅をついているところだったのだ。

うち一名はなんとか立ち上がろうとして戦う意思を示しているが、正直、全身が傷だらけで戦闘どころの話ではない……！

対する魔物は――Aランク魔物の《黒魔女ドンナローズ》か。

見上げんばかりの巨体に、黒い長髪、そして両目にあたる部分にはおぞましい空洞が空いている。両手には大きな鎌が握られており、その切っ先を少女たちへ差し向けているところだった。

「や……やれるもんなら、やってみなさいよ！」

立ち上がっているほうの女探索者が、涙を浮かべながらも威勢の良い声を発した。

「あんたなんかに殺されない！　こ、殺されてたまるもんですか……‼」

「ヒョホホホホホ！　アッハッハッハッハ！」

ドンナローズは醜悪な笑い声を発すると、容赦する素振りもなく鎌を大きく振り下ろす。

一方の女探索者のほうは、勝てる見込みがないと踏んでいるのか、ぎゅっと両目を閉じるが――。

「美憂！　あれを使うぞ！」

「…………！　わかったわ！」

その短い言葉だけですべてを察したのか、美憂が力強く頷いた。

「おおおおおおおおお！」

俺は気合いとともに疾駆の速度を上げると、スキル《ルール無視》を発動した。

今回使用する能力は《三秒間の時の流れ　無視》。これを使わないことには、二人とも助けることができない。

ぴたり、と。

果たして、俺以外の動きが綺麗ぴったり停止した。

美憂やドンナローズを含めたすべての存在が、スキルを発動する前の瞬間で動きを止めている。

かつて葉王チャーミリオンが暴れていたときは、この隙を狙って少女を抱きかかえるだけで事足りた。しかし今回の場合は少女のいる地点まで距離が離れているため、三秒だけでは辿り着けない。

そこで今回使うことにしたのは、新しく取得した風魔法だ。

「スキル発動、《風魔法使用制限　無視》！」

そう唱えたあと、俺は身を翻し、勢いよく魔法を発動する。

使用する魔法は、中級魔法のウィンドアロー。

両手から突風を発射するだけのシンプルな魔法だが、その勢いを利用すれば、自身の走るスピードが何倍にも上がっていくはずだ。

ドォォォォォォォォオオオオ！　と。

狙い通り超スピードで少女たちとの距離を詰めた俺は、急いで二名を抱え、そのままドンナローズとは離れた位置で着地。

カキィン！

「グオ………………？」

振り下ろした鎌が思いがけず地面に突き当たったドンナローズは、驚きに目を見開く。

「はあああああああああああ！」

そしてその隙を、凄腕探索者たる美憂が見逃すはずもない。

事前に意思疎通を図った通り、彼女はドンナローズに向けて続々と剣撃を浴びせていく。

一撃、二撃、三撃、四撃。

目にも留まらぬ速度であちこちから攻撃されるため、いくらAランクの魔物といえど、ドンナローズは一方的に斬られるがままだった。

「ギャアアアアアアアア！」

そのまま怒り狂った様子で美憂に鎌を振り上げるが、もちろん攻撃などさせない。

俺は再びスキルを発動し、今度は《氷魔法使用制限　無視》を使用する。

——氷魔法、ブリザードノヴァ。

標的の地面から巨大な氷を出現させることで、一定期間、敵を凍らせる魔法である。

「ァアアア……」

魔法をもろに喰らったドンナローズが、ぴたりと動きを止めたその瞬間。

「これでトドメ！」

勢いよく疾走してきた美憂が、ドンナローズに向けて最後の一撃を見舞った。

第十二話　陰キャ、美少女たちにいきなり抱き着かれる

とりあえず、これにて一段落か。

ドンナローズは地面に仰向けになったまま、ぴくりとも動かない。

こいつのランクは脅威のAであるはずだが——美憂とうまく連携を取れたおかげで、うまく倒すことができたようだな。あの短いやり取りで意思疎通を図れたのは、きっと俺と彼女だからこそだろう。

「ふう……」

緊張の糸が一気にほぐれて、俺は深く息を吐く。

俺の《ルール無視》にも沢山の能力が増えた。

もちろん俺自身のステータスはめちゃくちゃ弱いので、正直なことを言えば、スキルの恩恵に助けられているだけなんだけどな。

だからこれだけで思い上がるつもりは毛頭ないが——戦闘を重ねるにつれ、少しずつ能力が増えていっているのは確かだった。

たぶんこれからも、勝利するたびに新能力が追加されていくのだろう。

——そして。

「え、えっと……。二人とも大丈夫ですか？」

少女たちに目を向けると、またしても尻餅をついている。

しかし先ほどと違って怯えている様子は全然なく……俺と美憂を交互に見ては、驚愕の表情を浮かべている様子だった。

「も、もしかして、お二人は……」

「「ミルちゃんと霧島くんじゃないですか⁉」」

二名同時にそう叫ぶのを見て、俺は思わず苦笑してしまう。

自己紹介しなくていいのは助かるが、俺なんてしょせん一般人なんだけどな。美憂はともかくとして、ここまで喜ばれると背中がむず痒くなってしまう。

「え、えっと……」

どう答えるべきか迷っていると、

「霧島くん！　私、私ずっとあなたに会いたかったんですっっっっっ‼」

「私も‼」

「うおっ……！」

急に二人に抱き着かれ、俺は思わず素っ頓狂な声を発してしまう。

こういうときに考えるべきことではないが、二人とも俺と同い年くらいの女の子で、しかも胸が超でかいんだよな。

そんな少女たちに無邪気に抱き着かれると……その、当たってしまうのだ。

超柔らかい二つの膨らみが。

「そうそう！　正解！」

　黙りこくる俺の代わりに、なぜか美憂が元気よく答える。

「配信してる最中のことだったから、今の戦い映っちゃってるけど……。顔は映さないようにしてるから、そこはどうか許してね！」

「あ、いえいえ、いいんですよ！」

「私たちは助けてもらった身ですから！」

　そう言って快諾する少女たち。

　……というか、美憂もなかなかのプロ精神を持ってるよな。

　配信の切断には間に合わなかったものの、少女たちの顔が映らないように配慮してたのか。

　俺にはできないくらい手際が良いので、このへんの器用さはもう、有名配信者ならではといったところだろう。

「こほん」

　俺は咳払いとともに少女から離れると、改めて二人に向き直った。

「……ところで、いったい何があったんですか？　今のは緊急モンスターってわけじゃなさそうですけど……」

「あ……」

「それは……」

　俺の言葉を受けて、少女たちが互いの顔を見合わせる。

――緊急モンスター。

それは突如ダンジョン内に現れ、通常個体よりもはるかに強い魔物のことを指す。

かつて美憂が苦戦していた紅龍ギルガリアスも、ランク自体はAだったものの、緊急モンスターゆえの強さを誇っていたんだよな。

当時の俺も、それこそ命を賭けて戦った覚えがある。

だからもし今のドンナローズが緊急モンスターだったのであれば、二人が負けかけていたことにも納得できるが――。

しかし今戦った感触では、どう考えても通常個体だったとしか思えない。

レベルの高い《川越ダンジョン》に潜っている二人であれば、決して負けるはずのない戦いだったのに……。

いったいどうしてこんなことが起こっていたのか、最初から疑問だったのである。

「あ、ごめん。もしかして配信で流せない内容かな？　だったらこっちは切るけど……」

沈黙する二人に対して美憂はそう提案したものの、

「いえ、いいんです。むしろこれは……見ている皆さんに伝えたいことなので」

と、うち一人がそう答えた。

やっぱり、なにかのっぴきならない理由があったのか。

ダンジョン全体に漂う怪しさといい、蛍さながらに浮かんでいる〝光の玉〟といい……どう考えても普通じゃないからな。

「まず私たちがドンナローズにやられそうになった理由ですが、これは単純です。ここ《川越ダンジョン》に潜ってから、今日で一週間になるからです」

「い、一週間⁉」

思わぬ発言に、俺は思わず目が飛び出そうになった。

「い、いったいどういうことですか？　こもり修行でもやってたとか……？」

「いえ、そうじゃないです。たしかに特訓が目的ではありましたけど、最初は一日で切り上げようって思ってて……」

「なるほど……。そういうことね」

得心がいったのか、美憂が少女に向けて言った。

「そこで急に魔物が凶暴化して、出られなくなっちゃったわけね？」

「はい、おっしゃる通りです。念のため備蓄を用意していたので、なんとか生きていられましたけど……さすがに体力の限界がきて……」

「ふむ……」

たしかにそれは、いくら実力のある探索者でもきついな。

きちんと備蓄を用意してリスクヘッジしている点においては、さすがは上位の探索者といったところだろうか。これが初心者の探索者だったら、最悪の結末さえ考えられた。

そこまで思索を巡らせたところで、俺はもう少し突っ込んだ質問を投げかける。

「ってことはやっぱり、魔物たちは普段、こんなに凶暴じゃないってことですか？」

「そうですね。しかも体感、魔物たちが増えているように思います」

「魔物が、増えている……」

そりゃあ色々ときな臭いな。

まだ正確なことはなにもわからないが、ダンジョン外に魔物が出現していることにも繋がっていそうな気がする。

「う〜ん……」

美憂はそこで考え込む素振りを見せると、再び少女たちに問いかけた。

「ごめん、もうひとつ聞きたいんだけど……。魔物が凶暴化したのがいつか、だいたいでいいから覚えてる？」

「そ、そうですね……。一週間前の夕方あたりだと思います」

——一週間前の夕方。

その言葉を聞いて、俺は思わず美憂と顔を見合わせた。

視聴者から届いたDMやコメントによれば、たしかダンジョン外に魔物が現れたのもそのあたりの時期だったはずだ。

魔物たちが増えたタイミングで、ダンジョン外に魔物が飛び出した……。

ここになにかしらの繋がりを感じるのは、きっと俺だけではないだろう。

「ありがとう。今の情報は日本政府にも届けられるから、きっと事件解決に役立つと思うわ」

「……いえいえ、少しでも役に立ったのなら嬉しいです」

そこまで言って、少女たちはふいに黙り込んでしまう。

なんだ。

他にもなにか情報があるのか？

俺が目を瞬かせていると、ふいにうち一人の少女が俺たちを見渡して言った。

「その、すごく言いにくいんですけど……。実は私たちが《川越ダンジョン》に潜ったタイミングで、他にも三組くらい来てて……。もしかしたら、私たちと同じことになっているかもしれません」

第十三話　陰キャ無双中のコメント回

ディストリア：1コメ

ヴァドス：1コメ

ゆきりあ：2コメ

ヴァドス：やっぱりディストリアさんには誰にも勝てないｗｗｗ　強すぎｗ

れいす：だから何回も言ってるだろ。ディストリアニキに勝てる人なんていないんだよ

ディストリア：《100000円　チケット》　ミルちゃん霧島少年〜〜〜〜♡　やっぱり僕は気づいたんだ。君たちのいない生活は到底考えることができない。君たちがいなくなってしまったら、それすなわち僕の死なんだよ。総理とのコラボで色々言ってくるアカウントもあるようだけど、そんなのは気にしないでほしい！　僕との約束だからな！

健司：まあ、ゆうてそんなにアンチいないと思うよ？

みゅう：そりゃあ霧島くんがかっこいいんだからアンチが生まれる隙なんてないでしょ

ふぁいぶ：川越ダンジョンの配信キタ――――――！

キリト：きた、これを待ってた

バイク：同接三十万ｗｗｗ　まあ、そりゃここは気になるよな

リストリア：はは、川越ダンジョンの撮影許可が下りたか。さすがは二人だね

でス：は？　川越ダンジョンには普通入れないだろ。こいつらも結局は迷惑系と同じか？

ヴァドス：馬鹿か。二人は政府公認の協力者になってるから入れるんだよ

ガールド：なんか民度落ちてきてるな。国枝の配信でいつもと違う奴らに注目されてるからか？

レスト：でも川越ダンジョンは、難易度的に危険が危ない

むーれす：大丈夫、霧島少年がいれば心配の１００割は起こらない

ルーク：うわ、なんだここ

ジャック：マジか

ベッカ：なんだこの瘴気。きもい

リストリア：ふむ……。これは見たことないね。かなり怪しい空気を感じるよ

ヴァドス：あんま無理すんなよ二人とも

美里：霧島くん、絶対怪我しちゃ駄目だよ？　絶対だからね！

ディストリア：《100000円　チケット》　僕もそれなりに探索者としての歴が長いけれど、こんな現象はまったく見たことがないね。くれぐれも気をつけてくれたまえ。

ふぁいぶ：⁉

ゆきりあ：なんだ？　悲鳴？

リストリア：聞き違いじゃないね、たしかに悲鳴だった

ルーク：頼む二人とも、悲鳴の主を助けてくれ

ガーリック：咄嗟に駆け出す二人、戦慣れしてる感あって悪くない

絶対強者：は？　絶対やらせに決まってんだろこれｗｗｗ　馬鹿じゃねえのｗｗｗ

むーれす：はいはい、確証のないデマはやめようね

絶対強者：こんなのに心打たれてる奴らは漏れなく馬鹿。賢い人ならすぐに見抜けるぜ？　ｗｗｗｗ　特に霧島筑紫は陰キャのくせに調子乗りすぎ

みゅう：なに？　うざいんだけど

ゆきりあ：絶対強者ブロック推奨

やいこ：うおおおおお！　時間停止キター――！

リストリア：相変わらずダンジョンの時だけが止まってるみたいだね……。不思議な光景だ

８７：なるほど、風魔法で加速か

美里：《１０００００円　チケット》　霧島くんの咄嗟のこの機転、マジでかっこいい

絶対強者：ほらやっぱおかしいってｗｗ　なんでこいつだけこんなにスキル使えんだよｗｗ

ディストリア：絶対強者くん、そろそろ黙りたまえ。君は霧島少年が大嫌いのようだが、少なく

とも君よりは成功者だ。なにを言っても虚しいだけだよ

エターナル：おおおおお、決めたぁああああああ！

レンダス：ミルちゃんとのコンボ決まった！

タイム：やっぱりミルちゃんも前より強くなってるよな。隠れて特訓してる？

やいこ：掲示板ではもうSランク昇格間近って言われてるもんな

リストリア：よかった。とりあえず無事に助けられたようだね

Z：でも気をつけてな。よくわからんが、一ツ目の化け物が色んなダンジョンを徘徊してるらしいし

ハーム：!?

かっぺ：ｗｗｗｗ　おっぱいに挟まれる霧島ｗｗ　うらやまけしからんｗｗ

ゆきりあ：ああああああああ羨ましいいいいいいいい

美里：は？　ねえ、この女たちなにやってんの

みゅう：おかしい。先におっぱい触ってほしいのは私だったでしょ？

ベルフ：そんなに怒るなよｗｗｗ　別に霧島くんが能動的に触ってるわけじゃないだろｗｗｗ

美里：いやいや、それは関係ない。この二人は許せない

絶対強者：マジで霧島筑紫ムカつく。なんだよこいつ、死ねよ

テイム：おっぱいに嫉妬してる奴ら多くて草

第十四話　陰キャ、ダンジョンの謎に迫る

俺と美憂は、全速力で《川越ダンジョン》の最深部を目指していた。

――実は私たちが《川越ダンジョン》に潜ったタイミングで、他にも三組くらい来てて……。もしかしたら、私たちと同じことになっているかもしれません――

さっき助けた少女たちは、このように言っていた。

たしかにダンジョンの深部からうっすら人の気配が感じられるので、この証言は間違っていなさそうだ。他にも三組の探索者がダンジョン内にいて、いきなり凶暴化した魔物たちに手を焼いている――。

こう判断した後は早かった。

俺と美憂は急ぎで駆け出し、最深部目指してダンジョンを駆け続けていた。

言うまでもなく、《川越ダンジョン》にいる探索者は凄腕揃い。

さっきの二人組も、傷が回復しさえすれば、あとは自力で帰還できると言っていた。

たしかに回復アイテムを渡した後の二人は難なく魔物を倒していたので、俺たちは特に問題ないと判断。彼女たちには自力でダンジョンを脱出してもらって、こちらは残り三組の救助に向か

っていた。

「さっきカメラいじって、四方八方を映す設定にしたわ！　みんなも何か気にかかることがあったらすぐにコメントして！」

また美憂は、現在ダンジョン配信中だという利点も最大限に利用するっぽいな。


――おけ！

――任せておいて！

――二人も頑張って！


カメラデバイスに語りかけた彼女に対し、続々と機械音声が発せられてくる。

「ミル、それって……」

「うん。さすがにコメント画面見られないから、音声が聞こえる設定にしたわ」

「なるほど、たしかにそれはいいな……！」

これはダンジョン配信者のみならず、ゲーム実況者などが時おり行っている配信方法だな。

ユーザーが打ち込んできたコメントを、デバイスがそのまま読み上げてくれるという機能である。

視聴者にも機械音声が届いてしまうという点ではややユーザービリティに欠けるが、今はたしかに、こっちの設定にしておいたほうがいいだろう。

現在使用しているカメラデバイスは、最近メーカーが発売した最新型。

いかに超高速で走ろうとも、デバイスのほうがそれについてきてくれるのだ。

「どう？　今んとこ遭難者は見かけられる？」

――いや、いない
――安心してくれ二人とも。僕がしっかりと監視の目を光らせている。君たちが見えない部分まで、僕の心眼をもってしっかりカバーする。大丈夫だ。今のところは他に遭難している人はいない
――ちなみにそこを右に曲がるのが近道だよ～！

「はは……。これは助かるな……」

デバイスから聞こえてくる機械音声に、俺は思わず苦笑した。

ここ《川越ダンジョン》はかなり広大だ。

いくら俺と美憂が意識を張り巡らせても、さすがにすべての場所に目を向けられるわけではない。そして人の命がかかっている以上、時間をかけてダンジョンの隅々を調べるわけにもいかない。

その意味では、こうして視聴者の助けを借りられるのは非常に助かるところだった。

さっきのコメントによると、現在はなんと同接三十万を超えているようだからな。三十万人の

目があれば、さすがに見逃すということもないだろう。

とはいえもちろん、俺たちも警戒を緩めるつもりはない。

嘘や悪戯のコメントをされるという可能性も捨てきれないし、あくまでコメントは補助程度に留めるつもりだ。

そうして——ダンジョンの最深部に向かうこと数十分。

「あ、ありがとうございます……！」

「まさかあなたたちは、ミルちゃんと霧島くん……？」

最初の少女たちが言っていた通り、たしかに遭難者が複数目撃された。

魔物に襲われてピンチになっていたパーティーもあれば、備蓄が尽きて物陰に隠れていたパーティーなど。

三十万もの目を利用して、俺たちは着々と救助し続けた。

やはり高難度の《川越ダンジョン》というだけあって、まったくの初心者はいなかったな。

掲示板でちょくちょく目にする探索者ばかりだったので、回復アイテムと食料を渡した後は、それぞれでダンジョンを脱出してもらった。

一緒に残りの遭難者を助けることも提案されたが、当然みんな疲れているからな。

仮に空腹や体力を回復できたところで、気力までもが充填されるわけではない。よって遭難者たちにはダンジョンを出ていってもらって、残りの救助は俺たちが請け負うことにした。

「あ、ありがとな……！　助かったぜ……！」

そしてさらに二時間後。

三組目の冒険者たちを助けた俺たちは、その冒険者に深く頭を下げられていた。満身創痍にもかかわらず魔物と戦っていたところを、すんでのところで助太刀に入った形である。

「いいのよ、気にしないで。ほら」

そう言って美憂が手渡したエリクサーを、冒険者は涙目で受け取った。

「あ、ありがてえ……！　あんたたちは本当に命の恩人だぜ、マジで……！」

「ふふ、そんな大げさな」

美憂が苦笑していると。

——ミルちゃんマジ天使
——霧島少年同様、また強くなってるよね
——俺もミルちゃんにお近づきになりたい

そんなコメントがデバイスから聞こえてきて、俺も思わず苦笑いを浮かべた。

現在は《川越ダンジョン》の四十層目——すなわち最下層だ。

少女たちが言っていた三組のパーティーは無事に救助できたし、周囲の気配を探ってみても、他に生存者はいなさそうだ。

……これでとりあえずは安心か。

美憂も同じことを思ったのか、自身もポーションを飲んで一息ついていた。俺もここまで休みなく走り続けてきたので、適当にポーションで体力を回復する。

「………」

改めて思うが、ダンジョンって本当に不思議な空間だよな。

現実世界で生じる傷や疲労は、適切な休息や治療を経ないと回復しない。

けれどダンジョン内で発生した傷なら、薬さえ飲めば立ちどころに癒える。まさに世界の理をも覆してしまう、ファンタジーじみた世界観と言えた。

そのダンジョンの真相を突き止めるという名目においても、本来ならダンジョン運営省が動いているはずだったんだが……。

「ねえ、ちょっと教えてほしいんだけど」

俺がそんな思索を巡らせているうちに、美憂が遭難者たちに話しかける。

ちなみに今回助けた遭難者は、合計で三名。全員が男性で、みなAランク以上に該当するようだ。

「最下層まで来られるくらいだから、あなたたちの実力はたしかだと思う。しかも見たところ……Aランクのなかでも、かなり上位の探索者じゃないの？」

「………」

「えっと、それは……」

答え方に迷っているのか、遭難者たちが互いの顔を見合わせる。

「……ああ、あんたの言う通りだ」

そして数秒後、リーダーと思わしき中年の探索者がそう答えた。

筋骨隆々で身体の各所に傷があり、文字通り〝凄腕探索者〟といった風格を漂わせている。

「自分で言うのもなんだが、俺たちはこのへんのダンジョンを知り尽くしていてな。ここ《川越ダンジョン》も、何度か最下層まで来たことがある」

「……そう。やっぱり」

そこで美憂が考え込むような仕草をする。

「たしかに今、ダンジョンは魔物が凶暴化してて危険な状態ではあるけれど……あなたたちほどの実力者が、それくらいのことで遭難するとも思えない。——なにか別の理由で遭難してたと思うんだけど、違う？」

「…………はは、なかなか頭がまわるじゃねえか。さすがは有名配信者といったところか」

中年探索者はそう言ってにやりと笑うと、数秒後には、表情を切り替えて俺たちを見つめた。

「——あんたの言う通りだ。俺たちが負傷した理由は、凶暴化した魔物とは別にある。ほら、そこを見ろ」

中年探索者が指差したのは、ここからさらに奥に延びている通路。

「実はここは、もう終点間近でな。この道を五分くらい進んでいきゃあ、《川越ダンジョン》の終点に辿り着けるんだよ」

「終点……」

通常、ダンジョンの終点には、数々のご褒美が待ち受けているものだ。レアな鉱物があったり、なかなかお目にかかれない魔物が待ち受けていたり――。

他の階層では得られない恩恵が眠っているのが、この終点なのである。

しかも不思議なことに、その恩恵は一定時間ごとに復活する仕組みになっている。

つまり終点に待ち受ける魔物を倒したとて、時間さえ経てば、同じ魔物がそこで待ち受けているんだよな。

ここもまたダンジョンを不思議な空間たらしめている所以であり……多くの探索者たちが、踏破済みのダンジョンに潜り込む理由にもなっている。

「その終点で、見たこともねえ〝一ツ目の化け物〟が待ち受けていてな……。俺らはそいつにやられちまった。魔物が凶暴化したのはそのあとだ」

「…………それは……」

これは色々と気にかかる証言だな。

いったん情報を整理すると、次のようになる。

・ここ《川越ダンジョン》では、魔物が外に出たという目撃情報があがっている
・実際にダンジョン内に足を踏み入れると、謎の瘴気が漂っており、徘徊している魔物も凶暴化している
・ダンジョンの終点にて〝一ツ目の化け物〟が現れた瞬間、他の魔物も凶暴化した

さらに気にかかる点で言えば、彼らのような凄腕パーティーでさえ、〝一ツ目の化け物〟には敵わなかったことか。

終点にて待ち受けている魔物は、それ相応の手強さを誇っている。

掲示板ではよく「ボスモンスター」などと言われているが、言ってしまえばそれくらい強力な魔物なんだよな。

つまり遭難者たちも、終点に行くからには万全の準備をしていたはずで――。

その状態で負けてしまったわけだから、文字通りの怪物が存在していたことになるだろう。

「…………」

そして不可思議といえば、もうひとつ気がかりなところがあった。

「すみません。気配を探ってみても、終点からそんなに強そうな気配は感じられないのですが……」

「ほう……」

俺の言葉に、中年探索者が目を見開いた。

「気配を探ることができるのか。若いのになかなかやるじゃねえか」

「いえいえ……。俺の場合、そうしないと殺されるだけですから」

「はは、謙遜すんなよ。あんたがべらぼうに強いことは、俺も動画を見て知ってるぜ」

中年探索者はそう言って苦笑すると、数秒後には「ふう……」と真顔に戻った。

「そう、その通りだ。その化け物は終点に留まっていることなく、あろうことかダンジョン内を徘徊し始めた。ボスモンスターにしちゃありえねえ挙動だ」

「な、なんだって……⁉」

あまりに信じられない発言を受けて、俺はぎょっと目を見開いた。

基本的に、ボスモンスターは終点から離れることはない。

ついさっきまで猛烈な攻撃を仕掛けてきたのに、探索者が終点エリアから抜けた瞬間、まるで興味をなくしたかのように元いた位置に戻るのだ。

これについて、詳しい理由はまるで解明されていない。

一説には、ダンジョンは「ゲームの世界観」とそっくりと言われているが——正確な答えはいまだに導けていないのである。

だからもう、今はこれを疑問視している者はほとんどいない。

基本的にダンジョンはそういうものとして、すでに世界中の人々に認知されている。

俺だって、ダンジョンはこういうものだと父から教わってきたからな。

この仕組みについて、大きな疑問を抱いたことはない。

「……ちょっと、これは気にかかるわね」

美憂はそう言いながら、スマホの画面を見つめている。

おそらく視聴者からの情報を確認しているのだろう（会話がしにくくなるので、今はひとまず音声機能を停止している）。

「筑紫くん、どうする？　せっかくなら終点まで行ってみる？」

「うん……そうだね。さすがに二人だけじゃ危険だから、その化け物と遭遇したらすぐに逃げよう」

「おっけー。ここまで来たら、終点の状況を政府にも報告しておきたいもんね」

「ははは……、今の話を聞いて終点に向かおうとするか。たいしたタマだな、あんたら」

俺と美憂がそんなやり取りをしていると、中年探索者が達観したように笑った。

「それなら止めはしねえ。ただの無謀な挑戦ってわけでもなさそうだしな。――今の時代にあんたらみたいな若者がいること、おっさんとしても嬉しく思うぜ」

第十五話　陰キャ、オタクに囲まれる

それから十分ほどで終点に辿り着いた。

「なにも、ないわね……」

目前の大広間を見渡しながら、美憂が小声で呟いた。

――その終点で、見たこともねえ〝一ツ目の化け物〟が待ち受けていてな……。俺らはそいつにやられちまった。魔物が凶暴化したのはそのあとだ――

中年探索者はさっきそう言ってたが、やはり〝一ツ目の化け物〟の姿はどこにも見当たらない。別の場所を徘徊しているということだったし、今はもうここにはいないってことか。

「だとするなら、妙だな……。ここにくるまでの道のりで、俺たちと遭遇してもおかしくないはずだけど」

「うん、そうね……」

なんと言ったって凄腕のパーティーがやられてしまうほどの化け物だ。

仮にすれ違っていたとして、俺も美憂もその気配に気づけないのはおかしい。――その化け物が、みずからの意思で気配を殺していなければだが。

「ふう……」

我ながら突拍子もないことを考えてしまい、俺は思わずため息をつく。

化け物のことは気になるが、ここまで考えだしたらキリがない。ひとまず《川越ダンジョン》の様子を政府に報告して、今後の対策を練るとしよう。現時点ではわからないことが多すぎるしな。

俺と美憂は互いの顔を見合わせると、そのままダンジョンの出入り口へと歩を進めるのだった。

その道中、やはり中年探索者の言っていた化け物には出会わなかった。

★　★　★

「おおおおお、出てきたぞ！　ミルちゃんと霧島少年だ！」

「すごい、本物じゃん……！」

「きゃー♡　こっち見てー！」

「私、二葉社《ふたばしゃ》・週刊男性の端本《はしもと》と申します！　ぜひうちで独占インタビューを！」

「えっ………」

ダンジョンを出た瞬間、俺は目前の光景に思わず呆気に取られてしまった。

見渡す限り、人、人、人。

規制線の内側にはさすがに誰も立ち入っていないが、その外側では、それこそ数え尽くせないほどの人々が集まっている。

「こ、これは、いったいどういうことだ……？」

俺はしばらく目を瞬かせていたが、

「筑紫くん、こっち見て〜〜〜〜〜♡」

「やばい霧島くんが私の目の前にいる！　やばい！　ぶっ倒れそう！」

「ミルちゅわわわぁあああ〜〜あん♡　世界一愛しているよぉぉおおお！」

大勢の人々がそう叫んでいるのを聞いて、だいたいの事情を察してしまった。

「ミ・ル、もしかして配信の影響かな……？」

「うん。たぶんそうだろうね……」

そう言って美憂がため息をつく。

たしかに《川越ダンジョン》という場所を明かしていた以上、こうなるのは必然とも言えるか。

ほんとに、俺なんて別にたいした人間でもなんでもないんだけどな。それなのに、こんなふうにも大注目を浴びてしまうなんて……。

「はは、すごい人気者だねぇ君たち」

ダンジョンの入口に立っていた警官が、苦笑まじりにそう言った。

「――ありがとう。ダンジョン内で遭難していたと思わしき三組のパーティーは、無事に出てこられたよ。君たちのおかげだ」

「いえいえ……とんでもないことです」

これは驚いた。

警察官のほうでも、ダンジョン内に遭難者がいることを掴んでいたのか。

それでも救助に向かわなかったのは、おそらく警察官に《探索者としての実力者》が存在しないからだろう。

ダンジョン内における戦闘力は、いわゆる「ステータス」や「スキル」といったゲーム的要素だけが反映される。

だからダンジョン外でどんなに筋トレをしようとも、どんな訓練を積もうとも、ダンジョン内での強さには関係ないんだよな。

現実世界ではいくら頼もしい警察官であっても、ダンジョン内では素人も同然。

ゆえにこうしてダンジョンの近辺を監視するくらいで、遭難者を助けに行くことはできなかったんだろう。

ダンジョン内部でのトラブルは、基本的にダンジョン運営省が管轄することになっていたはずだが――。

そのダンジョン運営省の幹部が姿を消している以上、その均衡が崩れ始めているのが現状だった。

「私、二葉社の端本と申します！　霧島さん！　どうか私に取材させてくださいっっ‼」

……というか、なんだか妙にうるさい記者がいるな。

おそらく二十代前半くらいだと思うが、新米記者らしき女性がかなりの大声を張り上げてきている。
そもそも、取材は政府の力で規制がかかってるはずなんだが……。
「そ、そうだ、あれを使えるかも……！」

――――

使用可能な《ルール無視》一覧

・薬草リポップ制限時間　無視
・相手の攻撃力　無視
・炎魔法使用制限　無視
・ＭＰ制限　無視
・三秒間の時の流れ　無視
・地魔法使用制限　無視
・風魔法使用制限　無視
・ダンジョン外での能力制限　一時無視
・氷魔法使用制限　無視

・音魔法使用制限　無視

まだ一回も使ったことのない、《ダンジョン外での能力制限　一時無視》。

これを使用した上で、《三秒間の時の流れ　無視》を解放してみるのはどうだろうか。

……というより、能力の有用性を確かめる意味でも、またこの場から逃れる意味でも、今しかない気がする。

「ミル、あれをいってみるよ」

「…………！　おっけー！」

この短いやり取りでも意図を理解したあたり、さすがは美憂といったところか。

俺はふうと息を吐くと、《ルール無視》スキルを使用し、その上で《ダンジョン外での能力制限　一時無視》を解放してみる。

「おおお……！」

これは、すごい。

ダンジョン内外での肉体能力に差が生じているのか、ダンジョンを出るといつも身体が重くなるんだが……。

このスキルを使用した途端、そうした倦怠感は一切なくなった。

まさに文字通り、ダンジョン内にいるような感覚が生まれているのである。

「この調子なら、別の能力も併用できるか……？」

そう呟きつつ、俺は当初の予定通り《三秒間の時の流れ　無視》を使用。

――すると。

「おおおお………！」

すごい。

一か八かだったが、マジで止まったぞ。

あれだけ騒がしかった人間たちが、今はぴったりと動きを止めている。

「っと、感動している場合じゃないんだった……！」

俺はそう呟くと、慌てて美憂の手を取り、三秒の間でできるだけ遠くへ走り抜けるのだった。

第十六話　陰キャ、有名になりすぎていた

「ふう……なんとかなったか」

それから二時間後。

三秒間でひとまず人混みのなかに紛れた俺たちは、どうにか逃避に成功。群衆にとっては一瞬で俺と美憂が消えた形になるので、その混乱に乗じて、無理やり切り抜けてきた形だな。

また注目を浴びては敵わない。

俺たちはそのまま、逃げるようにして電車に乗って地元に帰宅。

半個室つきのカフェに立ち寄って、なんとか身を落ち着けることができたのであった。

「ほんと、インフルエンサーも大変だね……。前までは有名人のことが羨ましいって思ってたけど……」

「ふふ、わかる。これはこれで辛いものがあるよね」

苦笑を浮かべつつ、美憂はアイスティーに口をつける。

「……けれどまあ、それだけ私たちに期待してる人が多いって証拠でもあるし。ああいうのを見ると、私は嬉しくなっちゃうタイプかも」

「そ、そうなのか……」

気持ちはわからんでもないが、かといって無用に目立つのも御免だな。

俺は美憂と違って陽キャではないのだ。人前に出てド派手なことをするのは、やはり性分に合わないところがある。

「女装しようかな……。そうすれば絶対に俺だと気づかれないし……ぶつぶつ……」

「あ、あはは……。そんなに気になるなら、仲部さんに言えば変装道具とかくれそうだけどね」

なるほどその手があったか。

さすがに女装までは実行する勇気がないが、今後も同じことが続くと気が滅入ってしまう。

視聴者たちに正体がバレないようにする方法を、これから真剣に考えていかないとな。

「それにしても……すごいよね。《ダンジョン外での能力制限　一時無視》だったっけ？」

そんな思索を巡らせていると、美憂がまじまじと俺を見つめてきた。

「普通はダンジョン内でしか使えないスキルを使えるようになるなんて……。今も問題なく使えるの？」

「いや、クールタイムを置かないと駄目そうだね。あとたぶん、能力制限が無視されるのは二分くらいだと思う」

「そっか……。色々と制限あるみたいだけど、便利な能力には違いなさそうだね」

そう言いながらも、美憂はじーっと俺を見つめてくる。

「あ、あの、美憂さん？　どうしたの？」

「ううん、あまりにも強くなりすぎてるなぁ……ってね。私だって前より強くなってるけど、たぶん筑紫くんには手も足も出ないと思う」

「いやいや……、さすがにそれは言いすぎだと思うけど」

美憂は掲示板でもAランクを付けられており、最近はSランクに認定してもいいのではないかという声もあがっている。

一方の俺は、ただスキルが強いだけの新米探索者。

純粋なステータスそのものはべらぼうに低いので、美憂より強いってことは絶対ないはずなんだけどな。

「――ところで、美憂」

オレンジジュースを飲みつつ、俺は念のため周囲を確認し……本題を切り出した。

「どう思う？　さっきの《川越ダンジョン》の件」

「………」

その話題を受けて、美憂の表情に真剣味が増した。

アイスティーをテーブルに置くと、腕を組んで答える。

「そうね。結論は筑紫くんと同じだと思うけれど……だいぶ怪しいと思う」

――まあ、やっぱりそうだよな。

ダンジョン内に怪しい瘴気が漂っていたこと。

ボスモンスターでもない化け物が終点にいて、そいつがダンジョン内を徘徊しだしたこと。

その化け物の登場を受けて、一般の魔物までもが凶暴化していたこと。

《川越ダンジョン》に足を運んだのは今回が初めてだが、これはどう考えても普通ではない。

しかもこの《川越ダンジョン》から魔物が飛び出してきたことも踏まえると、もはや怪しさしか感じないだろう。

「それと筑紫くん……。もうひとつ、匂うところない？」

美憂の目線を受けて、俺はこくりと頷く。

「――最後の探索者パーティーが苦戦したっていう、あの化け物のことだよね」

「うん。今回、私たちはダンジョンを入口から終点まで往復してきたけど……それらしき魔物は全然見当たらなかった」

「しかも、三十万人もの視聴者たちさえ見なかったっていうしね……」

――そう。

あのあと動画のコメント欄を見てみたが、〝一ツ目の化け物〟について言及されているものは一つもなかった。

リストリアやディストリアを始めとする古参視聴者たちが、この化け物についても気にかけるべきだと視聴者を主導してくれていたものの――。

それでも、ついぞ発見に繋がるようなコメントは届かなかったのだ。

「やっぱり不気味だよね。あの探索者たちが嘘をついてたようにも思えないし……」

俺がそう呟いた途端、脳裏に懐かしいセリフが蘇った。

――いいか筑紫。ダンジョンはいつまでも今の姿を保っているとは限らない――

――もし将来おまえが探索者になるつもりなら、ダンジョンの様子を事細かく見てみろ――

――俺たちが住んでいるこの世界……ダンジョンの外こそが、世界的には異端なのかもしれん
――

「…………っ」

当時、父が意味深に語っていた言葉だ。

これを聞いたときは俺もまだ幼かったし、まるで理解が及ばなかったが……。

やはり父は、普通なら知りえない事実を突き止めていたということか……？

「ん？　どうしたの、筑紫くん」

いつの間に考え込んでしまっていたのだろう。

考え込む俺に向けて、美憂が心配そうに問いかけてきた。

「ああ、ごめん。なんでもないんだ。ちょっと昔のことを思い出して」

「昔のこと……？」

目をぱちくりさせる美憂だが、さすがにこの話は突拍子もないからな。

無用に混乱させてしまってはいけないので、この件については胸に秘めておくことにした。

「なんにしても、このことは総理に連絡送っておいたほうがいいと思う。なにか大切な手がかりになるかもしれないし」

「……ん、そうだね。きっと総理も喜ぶと思う」

「…………？」

なんだろう。

一瞬だけ美憂が悲しそうな表情を浮かべていたような気がするが、考えすぎだろうか。

――と。

『ピロリン♪』

『ピロリン♪』

俺と美憂のスマホが同時に軽快な音を鳴らした。

いったい何事かと画面を確認してみると、そこには「ディストリア」と名乗る者からのメッセージが表示されていた。

第十七話　年上のポンコツ記者

こうして個人的に連絡を送るのは初めてだね、霧島筑紫くん。

僕は推しに個人的な連絡を送らない主義なんだが、どうにも見逃せないポイントがあってね。

ただの気のせいだといいんだけれど、「ダンジョン外に魔物が出没している地域」が、少しずつ君たちの通っている月島高校に近づいてきている気がするんだよ。

これは僕だけの考えじゃない。

某匿名掲示板やＳＮＳなんかでも、同じように推察している人がいる。

もちろん、ただの〝考えすぎ〟だったらそれに越したことはないんだけどね。

だけど今や君たち二人は、僕の大切な生き甲斐になりつつある。

どうか頭の片隅にでも置いていてくれないだろうか。

ＰＳ　念のため、ミルちゃんにもまったく同じメッセを送っているよ

ディストリアより

「こ、これは……」

どうやら最後に注釈されているように、美憂にもまったく同じＤＭが届いたようだな。

彼女は文章をすべて読み終えると、同じく深刻そうな表情を俺に向けてきた。

「ダンジョン外に魔物が出没している地域が、少しずつこっちに近づいてきている……。たしかにちょっと盲点だったかも」

「………………」

一方で俺のほうは、うすら寒ささえ覚えているところだった。

仮に魔物たちがテロでも仕掛けようとしているのなら、俺と美憂はかなり厄介なはず。

美憂のずば抜けた戦闘力に、ダンジョン内の様子を一瞬にして世界へ拡散させる影響力。

ステータスは弱いながらも、いくつもの《ルール無視》を使いこなす俺。

そんな二人が政府と手を組んでダンジョンを調査しているわけだから、もし魔物が明確な悪意と知能を持ち合わせていた場合――俺たちという存在は厄介になるはずだ。

「は、ははは……」

自分で考えておいてなんだが、あまりにも突拍子もない話だ。

けれど、亡くなった父の証言に、《川越ダンジョン》にて発生していた謎現象……。

これらの情報を統合すると、まったくの与太話とも思えない。

忽然と姿を消してしまったというダンジョン運営省の幹部も、いったい何をしているのやら……。

考えても埒が明かないな。

せっかく政府への連絡手段があるわけだし、ひとまず今日の出来事を報告するか。

現在は夕方。

店内にもあまり客がいないので、電話しても誰かに聞かれることはないだろう。

そう判断した俺は、総理から貰ったカード通りの番号に電話をかけたのだが――。

「あ、あれ……？」

おかしいな。

出てくれない。

着信にはできる限り応じてくれるという話だったが、やはり忙しいんだろうか。

「あ～～～～！　やっと見つけましたよ、お二人とも！」

「えっ……」

そうして考え込み続けていると、ふいに聞き覚えのある声が聞こえてきた。

「お願いですから逃げないで取材に応じてくださいっ！　今まで数々の取材を断り続けてきた有名配信者のお二人……！　あなたたちを取材できれば、きっと雑誌大売れ間違いなしなんですからっ‼」

「…………」

大声で捲し立ててくるその人物に、俺は驚きを隠せなかった。

たしか週刊男性という雑誌の記者で……名前を端本といったか。

その挙動っぷりから新米記者ではないかと思っていたが、まさか大勢の人がいるカフェで、こんな大声を出してくるとは……！

「え、有名配信者……？」

「待って、あそこにいるのってミルちゃんと霧島くんじゃない……？」

そしていかに人の少ない店内といえど、こうやって注目を浴びてしまえば無意味。客たちが次々とこちらに視線を向けてきて、あっという間に人だかりができてしまった。

「あ、あれ？　あれあれあれ〜〜〜⁉」

この大騒ぎを起こした当の端本記者は、目を白黒させて周囲を見渡すのみ。

「ま、まさかこんなに人が集まってくるなんて……！　やっぱりお二人、すごい人気なんですねっ‼」

そう言って目をキラキラさせてくる端本に、俺は思わず額に手をあてがってしまった。

俺たちは高校生、端本記者は社会人。

少なくとも五歳以上の差はあるはずだが、このお転婆っぷりは、申し訳ないが年下を相手している気分である。

「仕方ない。美憂、ここはいったん出るよ……！」

「う、うん。そうだね……！」

俺は通話をいったん切ると、美憂とともにカフェを退店。会計を済ませている最中にもサインしてほしいだのなんだの叫ばれていたが、なんとか人の群れを潜り抜けて、この場から逃れることに成功したのだった。

「ま、待って〜〜〜ぇ！　せめて連絡先だけでも教えてぇぇぇぇぇ〜〜〜！」

その背後では、例の端本記者が相変わらずの大声をあげていた。

第十八話 急転直下

「はぁ……はぁ……。なんとか逃げ切ったか……」

「そ、そうみたいだね……！　もうクタクタだよ……」

――それから三十分後。

俺と美憂は、住宅街の一角にて呼吸を整えていた。

おそるおそる背後を振り返るが、追ってきている者は誰もいない。なんとか振り切れたようだ。

「ほんと、あの記者なんなのよ……！　無駄に足速いし直感が冴えてるし……！」

「うん、まったくだよ……」

週刊誌の女性記者――端本。

追跡してくる者のなかで、彼女が一番しぶとかった。

単純に足が速いのもあるが、驚嘆すべきはその直感力。うまく角に曲がって逃げられたと思ったら、彼女は「どこいったのぉぉおお～～～！」と言いながら、正確なルートで追いかけてきたんだよな。

しかもそれが一度ならず、二度も三度も続いたのだからたまらない。

よくわからないが、これが記者としての才能ということだろうか。案外、彼女はやり手の記者なのかもしれない。知らんけど。

とはいえまあ、結果的に撒くことはできた。

また同じことがあっては敵わないので、今日はもう帰ることにしよう。本当に疲れた。

「おまえ、昨日教えたラノベ読んだ？」

「まだ。なろうに積んでる作品いっぱいあるし」

ふと気づけば、まわりには高校生と思わしき生徒たちが大勢いた。

時刻は午後四時を少し回ったくらい。

部活をしていない学生はもう帰る頃合いだろう。

「そっか……。本当は今日、学校あるはずだもんね」

「うん。――はは、なんだか二人してサボってるみたいだね」

小声でぼやく美憂に、俺も苦笑しつつ応じてみせる。

そう。

今日は朝から《川越ダンジョン》に潜っていたが、実は金曜日。

本来なら学校に行っているはずの一日だった。

それでもダンジョンに潜っていたのは、ひとえに政府からの要請があったためだ。もちろん当初は断るつもりでいたが、中に遭難者がいる可能性を示唆されてしまっては、さすがに断れなかった。

月島高校にはうまく便宜を図ってくれるということで、今日はダンジョン探索を優先することにした形である。

――仮に明日休んだとしても、欠席扱いにならないようにしておくよ。それでどうだい？

――そしたら……もうひとつお願いしてもいいですか？

――いいよ。応じられる範囲内ならね。

――明日欠席するなら、受験勉強では一歩遅れを取ることになります。ですから後日、まったく同じ授業をするように計らってください。

――……はは、ほんとに真面目だな君は。私の息子にも見習ってほしいくらいだよ。


こうしたやり取りを経て、とりあえず今日をダンジョン探索にあてた形である。

そして探索を終えた後には、《川越ダンジョン》の様子を報告する手筈になっていた。だからこそ、電話にはすぐ出てもらえると思っていたのだが……。

ブルルルルルルルルル！

「おっと……！」

ふいにスマホが強い振動を鳴らした。

電話。仲部秘書官からだ。

折り返しの電話をかけてきてくれたのだろう。

『もしもし、仲部と申します。霧島様の番号でお間違えなかったでしょうか』

「はい、霧島です。すみません、お忙しいのに折り返させてしまって。もしご事情が難しいのなら、報告は後ほどでも――」

そこまで言いかけたところで、俺は正体不明の怖気を感じた。

なんだ。

あの冷静そうな仲部秘書官の声が、今はなぜか激しく乱れているぞ……？

『……申し訳ございません、霧島様。敵に謀られたようです』

「え………？」

『おそらく《川越ダンジョン》は陽動のための囮。――つい先ほど、大勢の魔物たちが月島高校を襲撃したという報告があがりました。しかもまだ見たことのないような……異次元の化け物を引き連れて』

第十九話　陰キャ、眠りし力の片鱗を目覚めさせる

「いやぁあああああああああ！」

「だ、誰か助けてくれぇぇぇぇぇぇ……！」


月島高校はもはや、見るに堪えない大惨事に陥っていた。

赤く目を光らせた、漆黒の毛並みの狼――ブラッドウルフ。

凶暴な鷲のごとき大怪鳥――デスイーグル。

人間より二倍もの大きさを誇る巨大ムカデ――ラージコンディーペ。

ダンジョン内で何度も遭遇してきた魔物たちが、なんと学校の敷地内にて暴動を繰り広げているのである。

おかげで校舎は半壊状態。

なかには巨大ゴーレムなどのデカブツもいるので、そいつらになすすべもなく破壊された形である。

「怯むな！　迎え討て！」

「だ、駄目です！　こちらの武器が通用しませんっ…………！」

そして、そんな魔物たちを撃退すべく、警察官たちが果敢にも挑みかかっていた。

俺もニュースで何度か見たことがあるが、おそらくは特殊急襲部隊――通称ＳＡＴだろう。防弾ヘルメットに防弾アーマーを身に着け、自動拳銃やサブマシンガン等、物々しい武器を用いて必死に応戦している。

――が。

「うおぁぁぁぁあああ！」

「なんだこれはぁぁあ！」

いかに実戦経験が豊富なＳＡＴといえど、相手はダンジョン内に出没している魔物。

申し訳ないが銃や閃光弾などが通用する敵ではなく、ブラッドウルフが吐き出す炎や、ラージコンディーペの毒にいいように蹂躙されている。

また上空においては、前述の大怪鳥が荒らしまわっているようだからな。

いかにヘリコプターで上から魔物を制圧しようとも、それすらままならない状態だ。

俺たちは総理から貰ったカードを提示して、警備網を通ってくる許可を貰ったが――この調子では、警備網の維持さえ困難だろう。

つまりは……魔物たちが校舎を飛び越えて、周辺住宅にまで侵攻する恐れがある。

「くっ……！　これは……」

「悪夢…………」

俺の隣に立つ美憂も、真っ青な表情であたりを見渡している。

……地獄絵図。

まさにそう表現するにふさわしい光景だった。

世界各地にダンジョンが出現してから三十年、外の世界に魔物が飛び出してくることはなかった。だから政府も《ダンジョン運営省》を設立するに留め、詳しい調査は同省に一任していたはずだが――。

そのダンジョン運営省が姿をくらましている今、政府にもこの事態を解決できる者はいない。

警察も自衛隊さえも宛にすることができない、とんでもない惨状が目の前に広がっていた。

「くっ……！」

とりあえず今やるべきは、《ダンジョン外での能力制限　一時無視》の使用だろう。

力が解放されるのはたった二分だけだが、それでも、今のうちにできることはしておかないと
――！

「つ、筑紫くん！」

「ああ、わかってる‼」


――――

使用可能な《ルール無視》一覧
・薬草リポップ制限時間　無視

・相手の攻撃力　無視
・炎魔法使用制限　無視
・ＭＰ制限　無視
・三秒間の時の流れ　無視
・地魔法使用制限　無視
・風魔法使用制限　無視
・ダンジョン外での能力制限　一時無視
・氷魔法使用制限　無視
・音魔法使用制限　無視

――――


とりあえず、今はもう力を温存できるだけの時間的余裕はない。

炎属性の魔法はもちろん、地属性や風魔法、さらには氷魔法や音魔法も用いて、一体でも多くの魔物を倒していかなくては――！

「おおおおおおおおおおっ！」

俺は絶叫しつつ、躊躇なく戦場へと足を踏み入れる。

「え、君は……！」

「危ない！　下がっていたまえ！」

ＳＡＴの隊員がそう声をかけてくるが、もはや構っていられない。

こちらには一刻の猶予もないのだ。

炎魔法発動――プロミネリア・ザスト
地魔法発動――アースクラッシュバースト
風魔法発動――ウィングプラズマ
氷魔法発動――アブソリュートゼロ
音魔法発動――デスノクターン

とにかく使用できるだけの魔法を同時に放ち、周囲の魔物たちを殲滅していく。

魔物の近辺で突如発生する大爆発。

次いで襲いかかる大地震。

高電圧を帯びた暴風。

さらには敵の地面から急に現れる氷の塊に、直撃した敵を強制睡眠に陥れる音魔法。

「ギャァァァアアアア！」

「グォォオオオオ！」

それらの魔法の嵐に、魔物たちはなすすべもなく蹂躙されている。

俺の魔法がここまでの威力を放っているのは、以前作った武器――《紅龍・極魔剣》の恩恵も大きい。なんと魔法攻撃力を五千も上乗せしてくれるので、俺のような貧弱ステータスの者でも強い魔法をぶっ放せるんだよな。

その代わり一度でも魔法を使えばＭＰが枯渇してしまうが、それについては《ＭＰ制限　無視》があるので問題ない。

「お、おお……！」

「すごい……！」

「我らが苦戦していた魔物たちを、この一瞬で……」

今まで絶望の表情を浮かべていたＳＡＴの隊員たちも、希望を見出したような表情で俺を見つめてくる。

「そうか、君が霧島筑紫くんか……！」

なかでもリーダー格っぽい男が俺に話しかけてきた。

「助かったよ。……情けないが、ここは我々が力を発揮できる場所じゃなさそうだ」

「いえいえ、皆さんが無事で何よりです」

「本来なら現場を一般人に任せられるものではないんだが、君はたしか政府の協力者でもあったね。――申し訳ないが、このまま生徒たちの救助に協力してくれないだろうか」

「はい、それはいいんですが……」

そう言いながら、俺はスマホの画面を確認する。

――駄目だ。

こういう時の二分はすぐに経ってしまう。

次に《ダンジョン外での能力制限　一時無視》を使うには相応のクールタイムを置かないといかず……これではさすがに戦いにならない。

いったいどうしたものか……。


――クク、なんで力を温存してやがる。災厄の王子さんよお？――


「え…………？」

ふいに聞き覚えのない声が脳内に響きわたり、俺は思わず目を見開く。

「つ、筑紫くん？　どうしたの？」

「いや……なんでもない」

不思議そうに聞いてくる美憂に、俺は首を横に振る。

他の人には聞こえていないようだが……いったいどういうことだ？


――ハハ、記憶にないってか。まあ無理もねえかもな。災厄の王たるあんたの親父が、その記憶を封じ込めたんだ――

――だがまあ、俺もこの状況を黙って見ているわけにはいかねえ。あんたの親父さんには貸しが沢山あるんでな——

「ま、待ってくれ……。いったいどういうことだ?」

——あ〜すまねえ。ガキとじゃれ合う気はないんだよ。見たところあんたは頭もまわるようだし、そのうち至るだろうさ——

「い、至る……?」

どういうことだ。

まったく意味がわからないが、この〝謎の声〟は俺に解説をするつもりもないらしい。

困惑する俺を放っておいて、次々と話を進めていく。

——そういうわけだ。時間もねえだろうし、あんたの親父の借り、ここで返させてもらうぜ

——

——目覚めろ。銀灰《ぎんかい》の災厄!——

…………ドクン。

その瞬間、俺のなかにある〝未知の力〟が解放された。

――スキル《ルール無視》が高次元上昇を果たします。
――世界権限が向上。スキルが《理《ことわり》無視》に進化しました。
――世界2の理へ干渉できるようになりました。
――高次元へ上昇している間は、無制限で《世界1》の理が適用されます。

第二十話 銀灰の災厄

「お、おおおおおおおおおおおおおおおおおっ‼」

身体の底から力が突き出してくる。

眠らされていた魔の力が、解放される――――！

「つ、筑紫くん……⁉」

「いったいどうしたんだ……⁉」

俺が突然叫び出したことに、美憂やSATの隊員が驚きの声をあげる。

万一のことを想定したか、隊員たちが警戒の構えを取ったのはさすがというべきか。

「大丈夫です。俺も魔物になったとか……そういうことにはなっていませんから」

「そ、そうか。それならいいんだが……」

そう言いながら、リーダー格の隊員が俺の全身を見回す。

「にしては、君のその禍々しいオーラ……。これもダンジョン探索者のなかでは〝あるある〟なのかい？」

――そう。

隊員が指摘している通り、俺は変わった。

ダンジョン内にいるわけでもないのに、俺の全身にはドス黒いオーラがまとわりついていて。

さらには腕や足にも、禍々しい赤のラインが走っているように見受けられる。

まるでアニメやゲームによく登場する、悪魔そのものの外見になり果てていた。

「…………もうあの声は聞こえないか……」

突然聞こえてきたあの声が、いったい何だったのかまでは不明だ。

他にも《銀灰の災厄》だの《世界1の理》だの、訳のわからないことだらけだが――。

災厄の王子　17歳　所持スキル《理無視》　レベル1001

物理攻撃力：10321
物理防御力：10031
魔法攻撃力：9982
魔法防御力：9921
俊敏性　　：11002

「…………」

少なくともこのステータスを見るに、俺の強さに異常なバフがかけられていることに疑いの余地はない。

いかに凄腕の探索者とて、各種ステータスは四桁いけばいいほう。

それが桁をさらに飛び越えて五桁になっているわけだから、このステータスのぶっ壊れっぷりがわかる。

だったらこの状況を利用して、魔物たちを倒していくしかないだろう。

「ん……？　待てよ……？」

ステータス画面を確認していると、俺はそこにとんでもない表記を見つけた。

使用可能な《ルール無視》一覧

・薬草リポップ制限時間　無視
・相手の攻撃力　無視
・炎魔法使用制限　無視
・ＭＰ制限　無視

・三秒間の時の流れ　無視
・地魔法使用制限　無視
・風魔法使用制限　無視
・ダンジョン外での能力制限　一時無視
・氷魔法使用制限　無視
・音魔法使用制限　無視

使用可能な《理無視》一覧

★ダンジョン外での能力制限解除　永久
★ダンジョン能力なき者の強化

――――


「こ、これは……」

新しく追加された二つの能力に、俺は大きく目を見開いた。

理《ことわり》――すなわち物事の道筋。条理。道理。

それを丸ごと無視してしまうというわけだから、言ってしまえば《ルール無視》の完全上位互換といったところか。俺たち人間の考える常識を無視し、文字通りのチート能力を発揮するぶっ壊れスキル……。

これもまた、俺が《災厄の王子》と呼ばれていたことと関係があるのだろうか。

色々と気にかかるところではあるが、今は考えあぐねている場合ではない。美憂は言わずもがな、SAT隊員をも強化することができれば戦況は一気に有利になる。

「スキル発動。美憂には《ダンジョン外での能力制限解除　永久》を、SAT隊員には《ダンジョン能力なき者の強化》を‼」

俺がそう唱えた瞬間、

「わわっ……！」

「な、なんだ……⁉」

美憂と隊員たちがそれぞれ目を大きく見開いた。

第二十一話

新米記者・端本の意地

――一方その頃。

二葉社の新米記者・端本樹里亜《じゅりあ》はすっかり慌てふためいていた。

「ふ、二人とも、いったいどこにいったんですかぁ……！」

霧島筑紫。そして綾月ミル。

今や日本で知らぬ者はいないだろう有名人たちを、埼玉県のカフェで見つけたところまではよかった。

昔から強運と根性には自信がある。

自分の思うがまま突き進んでいった結果、知らず知らずのうちに良い結果を掴み取れたことが何度もあった。〝彼女〟にはめちゃくちゃ呆れられているけれど、知識も経験も足りていない自分が〝彼女〟に勝つには、これしかないと思った。

実際、今回も途中まではうまくいっていた。

《川越ダンジョン》から出てきた霧島と綾月。なにやら不可思議な力で群衆から逃げたようだが、端本も勘には自信がある。特に深い考えがあるでもなく、明確な根拠があるわけでもなく、感じたままに歩みを進めていった結果――埼玉のカフェで彼らに辿り着いた。

自分は本当に運が良い。改めてそう実感した瞬間だった。

……にもかかわらず、また出し抜かれた。

このままでは、自分は〝彼女〟に勝てない。

自分は社内の落ちこぼれ。

対して〝彼女〟はいくつものスクープを持ち帰った有能記者。

けれど、端本とてこのまま黙って見ているわけにはいかなかった。

なにより〝彼女〟のやり方が大嫌いだった。

〝彼女〟は数字さえ取れればいいと考えているタイプの記者だが――自分はそうは思わない。悪徳政治家に媚を売って、大スクープを貰ってそれを記事にする。

そうすれば週刊誌の売り上げは伸びるだろうけど、それを端本は正しいと考えない。

国枝総理は国のために身を粉にして働いていて、きちんと結果も残している。

しかしそれを報じることはなく、スクープ欲しさに悪徳政治家に媚を売り続け、総理の悪口だけを書き続けている。郷山弥生の件だって、厳しく追及するべきはダンジョン運営省なのに、政府だけを必要以上に攻め続けている。

これが世間から「マスゴミ」と揶揄される所以だ。

――自分はそんなふうにはなりたくない。

たとえ社内で孤立しようとも、正しいことを世間に知らしめていきたい。

それが端本の、記者になった理由だった。

その意味では、霧島筑紫と綾月ミルは自分と重なった。まだ高校生なのに、政府に協力して事件解決に乗り出しているからだ。

だから二人を追いかけているのは、個人的な感情が半分、記者魂が半分だった。

今まで誰の取材も受けていない有名人二人を突撃取材して、まだどのメディアでも報道されていない、彼らの新たな一面を記事にする――。

そうすることで、〝彼女〟とは違ったやり方で大スクープを取ろうとしたのだ。

もちろん、ただ考えなしに取材するだけではない。ニュースサイトやSNSが普及している今、週刊誌の立場は非常に危ういものになっている。だから先輩に頼み込んで、端本はある施策を用意していた。

しかしその施策も、あの二人を逃してしまえば元の木阿弥《もくあみ》。

ゆえに現在、端本は懸命に走っていった。目撃者の証言によれば、二人はなにやら慌てた様子で住宅街を走り去っていったという。

「あの二人がそこまで焦る理由……二人は同じ月島高校の生徒……そこだぁああ！」

端本のいつもの推理を、〝彼女〟はガバガバ推理だと言って笑う。

実際、端本とて直感が百発百中で当たるわけではないが――今回は当たりではないかと考えていた。

そして実際そうだった。

月島高校のまわりに多くのパトカーが集っている。しかもよほど混乱しているのか、規制線を張ることさえままならない始末。

これはチャンスだと思った。

もはや自分の命などどうでもいい。

自分の記者魂をかけて、二人のことを追いかけてやろうと思った。

「おわぁあああああああああ……！　すごいっ………！」

そして戦場の近くに辿り着いたとき、端本は文字通り肝を抜かれた。

詳しい事情は不明なるも、現在、沢山の怪物たちが月島高校を襲撃していて。

その怪物たちが、ダンジョン内でよく出没する魔物そっくりで。

今まで人々には襲い掛かっていなかったはずの魔物たちが、ついにダンジョン外で暴動の限りを尽くしていて。

これだけでも大スクープだが、事態はそれに留まらない。

なぜか漆黒のオーラを漂わせている霧島筑紫と、《剣聖》スキルを持っているという綾月ミル。

その二人が、いつものダンジョン配信のごとく、多くの魔物を蹴散らしているからだ。

「す……すごい……」

ダンジョンの外では、ダンジョン内で培った装備やアイテム、ステータスは適用されない。

それが常識であるはずなのに、彼らはさも当然のように異能を使っている。しかもどういうわけか、二人の傍にいるSAT隊員に限って、他の隊員と比べて善戦しているようにも思えた。

「ふふふ……あはははははは……！」

ここにきて、端本は高笑いが止まらなかった。

やはり二人を追ってきて正解だった。

報道各社にはまだ事件のことが広まっていないのか、同業他社の姿も見られない。

この状況であれば、〝彼女〟を出し抜くどころか——世間をあっと言わせるほどの大スクープを仕掛けることができる。

「さあ、いくわよ二人とも……！」

端本はそう言うと、バッグから撮影機材を取り出した。

「君たちの正義の頑張りは、私が世間に届ける……‼　週刊男性の〝初めてのライブ配信〟は君たちで決定よ！」

出版社の公式動画チャンネル。

チャンネル登録者は三百万人ほどで、綾月ミルには当然ながらまるで及ばない。

しかしこのチャンネルでは普段ニュースだけを報じているため、きっと綾月ミルのチャンネル登録者とは層が異なるはずだ。

なおかつ〝初めてのライブ配信〟となれば、相応に視聴者も増えるはず。

それは霧島&綾月の認知度向上のみならず、こちらの動画再生数の向上にも繋がるはずだ。その上で突撃取材した内容を週刊誌に載せれば……！

「ふふふふ、頑張って二人とも！　もうマスゴミなんて言わせない！　あなたたちの正義は、絶対に世間に届けてみせるからっ！」

第二十二話　コメント回　ダンジョン外でも無双を繰り広げる陰キャ

ディストリア：1コメ
ゆきりあ：2コメ
朱雀：1コメ
高山和樹：これは一体何なのでしょうか？
早苗：なぜだかいつもと配信が違いますね。
水章：あ、でも私はこれ見たことありますよ。ダンジョン配信ってやつらしいですね
枕：ダンジョン配信……。なんだかアニメのようなバトルをする、あれですか
ゆきりあ：ん？　なんでこのチャンネルでミルちゃんが映ってる？

ばるふ：しかも正確にはここ、ダンジョンじゃねえよな

みゅう：えっ、待って……!? ここ月島高校じゃない？

カミラ：おいおい、マジか？

美里：やっぱ！　霧島くんがまた戦ってる！

ミーム：は？　ここダンジョンじゃないよな？

ヴァドス：そうみたいだな

ルピア：それなのにダンジョン内の力使ってるって……？　やばくない？

しーま：しかもなんか、霧島少年の様子おかしくないか？　なんか禍々しいっていうか

ばるふ：やっぱｗｗｗ　悪のヒーロー感出てるｗｗｗｗ

ミックス：いつもより動きが俊敏だしね……！　やっぱりこれ、尋常じゃない事態だよ

いず：てかミルちゃんも普通に動いてるじゃん！　どういうことｗｗｗｗｗ

ゆきりあ：ふっふっふ、霧島少年はすべての常識を打ち壊す。昨日まで当たり前だったことが、もう明日には通用しなくなるってな

早苗：なるほど。盛者必衰の理を表すってことですか

ミックス：近いけどなんか違うｗｗｗｗｗ

高山和樹：なんだかよくわかりませんけれど、これは映画か何かですか？　てっきり最新ニュースかと思ったんですが……。

リストリア：いえ、最新ニュースではあると思いますよ。まだ報道されていないだけでね

水章：？　いまいち意味が理解できませんが……。

リストリア：実は先日、この二人に情報提供をしましてね。魔物が外に飛び出してくるダンジョンが、少しずつ月島高校と距離の近いダンジョンになっていく……。ここに違和感があったんですよ

ディストリア：ふふ、やっぱりそこは気になるところだよねぇ。おそらくは制約が解除され始めているんだろうか

早苗：制約？　どういうことですか？

ゆきりあ：すまんw　そこは俺らにもわからんwwww

ディストリア：あ、ごめん。さすがに二葉社のチャンネルから配信されてるのにお布施はできないけれど、二人への愛が薄らいでいるわけでは決してない。いや——そのようなことが起きること自体が、まさに世界の破滅を意味していると思えてならない。どうか安心しておくれ

高山和樹：はい？　これはどういうことですか？　最近はダンジョンの外でも戦えるように

なったんですか？

バルフ：いやなってないよｗｗ　単に二人が異次元すぎるだけｗｗｗｗｗ

リストリア：まあ、そういうことだろうね。ミルちゃんの常連はもう、霧島少年がすごすぎてある意味「慣れっ子」になっているだけさ

美里：霧島くん大好き結婚したい

昭和頭：いやいや、まるで理解が及ばないんですけれど……。

早苗：つまり普通は、ダンジョン外では戦えないってことですよね？

佐久間太郎：え？　そうなんですか？　そもそもダンジョン配信ってなんですか？

ゆきりあ：二葉社の視聴者たちが混乱してて草

リストリア：いやいや、まあこれが普通の反応だよ

神山：つまりはそれだけ、二人が異次元すぎるってことだね

ディストリア：ああ、お布施はできないけれど、僕の愛は君たちに届いているはずだ。シヴァーナと戦った時の二人はとても美しかった。いや――もはや美しいという形容詞では片づけられないほどの高貴なオーラを漂わせていたッッッッッッッッッ！　私はあの日から、もう一か月はおかずなしでご飯を食べられているよッッッッッッッッッッ！

サムライ：一か月おかずなしｗｗ

高山和樹：どういうことですか？　そこに映っている霧島くんって人がいれば、おかずなしで生きていけるってことですか？

佐久間太郎：おおお！　まさにこれこそ神の節約術！

早苗：なるほど……！　この霧島くんって人のおかげで、食費が浮いた方がいるんですね！　やっと凄さがわかりました！

水崎：そうか、どうしてみんなこんなに霧島って人を尊敬してるのかと思ったら

ネット：ｗｗｗｗｗｗｗｗｗｗ

キング：ｗｗｗｗｗｗｗｗｗｗｗｗｗｗｗｗｗｗｗｗ

美里：ねえＷＷＷ　意味わかんないだけどもうＷＷ

ゆきりあ：てか同接二十万いってんじゃんｗｗ

カンタ：やばすぎｗｗ　このチャンネル、いつもそんなにいってないっしょｗｗｗ

リストリア：っていうかみんな、霧島少年の勇姿もちゃんと見ようよ。ここに登場している魔物、中級以上ばっかりだよ

桜：たしかにねぇ……。生身では絶対に勝てない相手だし、仮にダンジョン内のステータスが反映されていたとしても、こんなに多くの敵に勝つのは難しいだろう

キング：そうだな。霧島少年の無双がすっかり当たり前になってるけど、これ普通にやべぇよな

リストリア：うん。ブラッドウルフもデスイーグルも強敵だし、一撃で勝てる相手じゃないからね

田町幸雄：たしかにこれほどの力があれば、食費くらい簡単に浮かせられそうですね。

ヴァドス：でもよかったぜ、俺が出しゃばる必要はなさそうか

ディストリア：へえ……？　なるほど、やっぱり君はそういうことか

ゆきりあ：ん？　ディストリアニキ、なんの話だ？

みゅう：霧島くん、やっぱり私のおっぱい触るべきだよ

ディストリア：いやいや、なんでもないよ。そういえば最近、破壊神くんを見なくなって寂しい

ねえ

まっきー：破壊神ｗｗｗ　いたなそんな奴もｗｗｗ　懐かしい

べるった：まあいいじゃん、俺は嫌いじゃないぜ破壊神くん

にな：私は簡単には許せないけどねー。すぐに償える罪じゃないでしょ

美里：駄目、霧島くんは私のおっぱいを触るべきだよ

早苗：ひとまず私たちは、この霧島って人に祈りを捧げればいいんですか？

ディストリア：いやいや違う。この配信が終わったら、綾月ミルって人のアカウントを探すんだ。そしてそのチャンネルを登録する。そうするといいことがあるかもわからないよ？

昭和頭：なるほど、わかりやすい。

田町幸雄：では終わったら一斉に綾月ミルって人を検索してみますか。
美里：ほんとカオスすぎて死ぬWWWWWWW

第二十三話 陰キャ、強制配信される

形成は一気に逆転した。

ブラッドウルフたちは強敵ではあるが、ダンジョン内でのステータスさえ獲得できれば、たいして苦戦する相手ではない。

いや――むしろ今は、いつもより強い力を獲得しているからな。

負ける理由など、もはやどこを探しても見当たらない状態だった。

「はぁぁぁぁぁぁぁああああ！」

「ギュアアアアアアアアアア!!」

そしてなにより特筆すべきは、《ダンジョン外での能力制限解除　永久》か。

これは俺のみならず味方にも作用するようで、美憂も現在、ダンジョン内そのままの力を発揮している最中だった。

自慢の剣術を魔物たちに披露し、まったくダメージを負うことなく蹂躙している。

一方でSAT隊員については、思ったほどのパワーアップはできていないようだな。美憂のように圧勝はできておらず、なんとか善戦に持ち込めているというレベルである。

彼らには《ダンジョン能力なき者の強化》を使用しているはずだが、こっちの能力に関しては、劇的な強化までは見込めないということか。

……いや、違うな。

さっきまで一方的に押されていたのが善戦できるようになったわけだから、見方を変えれば、充分に〝大幅強化〟しているとも言えるか。

とはいえ、彼らの場合は下手すれば一瞬で大怪我を負いかねない。

より強い魔物と戦う際には、俺か美憂が出向くのがベストだろう。

「ガァァァァァァァアア！」

と。

そんな思索を巡らせているうちに、魔物たちが背後から襲いかかってきていた。

――デスミノタウルス。

牛の頭部を模した人型の魔物で、俺の二倍はあろうかという巨体を誇っているのが特徴だ。

両手に持っているその大斧に直撃してしまえば、いかに凄腕探索者であろうとも大ダメージは免れないだろう。

掲示板での指定ランクはB。

本来であれば、そう簡単には勝てない相手ではあるが――。

「はっ！」

デスミノタウルスが高々と振り下ろした大斧を、俺は指一本で受け止めた。

「ガアッ⁉　ガガガガガガガガガガ……！」

そのまま無理やり押し込んで来ようとするが、無駄だ。

今の俺はなぜかすべてのステータスが大幅強化されているので、デスミノタウルスごときがいかに力を振り絞ろうとも無駄。

俺にはなんの痛みも伝わってこなかった。

「――はあっ！」

「グオオオオッ…………！」

そのまま俺の振り払った剣が、デスミノタウルスの命を狩り尽くしていく。

こいつは極めてＨＰが高いので、本来なら決して一撃で倒せる相手ではないんだが――まあ、この謎パワーアップの恩恵というべきか。

「…………」

なぜ俺が、こんな化け物のような変身を遂げたのか。

さっき俺の脳裏に響いてきた声はなんなのか。

今のところ不明なことばかりだが、せっかくの機会だし、このパワーアップ状態を存分に使わせてもらうとしよう。想定以上に多くの魔物がいるようだから、騒ぎを収めるにはもう少しかかりそうだしな。

「うおおおおおおっ！　いいですよいいですよぉぉおお！　さすがは私の見込んだ二人ですぅ！」

「は……？」

場違いなほどに明るい声が聞こえてきて、俺は思わず眉をひそめた。

「ちょ、あの人は……！」

たしか週刊誌の記者——名を端本と言ったか。

完全に撒いたと思っていたが、まさかこんなところにまで来ているとは。しかもビデオカメラを持って、時おりアナウンスのような声を発している。

……もはや俺も同業者だからわかる。

端本は現在、あのビデオカメラを用いてライブ配信中であると。

「ど、どうしてここまで来られたんだ……。警察、まだ規制線はれてないのか……？」

「う～ん、そうかもね。相当混乱してたようだし」

いつの間に隣に立っていた美憂も、呆れ顔でそう呟いた。

「でもまあ、いいんじゃないかな。彼女も一応は弁えてて、ギリギリ安全な場所で撮影してるし……。それに、この状況も政府に報告したいじゃない」

「そ、それはそうなんだけど……」

今の俺は、誰がどう見たって普通じゃない。

デスミノタウルスの大斧を指二本で防いだことも、さらにそのデスミノタウルスを一撃で倒していたことも、リスナーたちに見られてしまったら面倒なことになる。

「報告はともかく、こんなの世界中に配信されたくないんだけど……」

「ふふ、いいじゃない。筑紫くんの英雄伝説がまた広まるし……そろそろ映画俳優のオファーとかくるんじゃない？」

「いらないよそんなの‼」

それを言うなら、美憂だって華麗な動き敵を捌いているわけだしな。

俺と違って容姿もめちゃめちゃいいので、オファーがくるなら彼女のほうだろう。

「まあ、冗談はさておいて。――筑紫くん、この気配感じるよね？」

「………うん。まあね」

俺はこくりと頷くと、なんとか魔物たちに喰らいついているSAT隊員に告げた。

「もう間もなく、より手強い魔物がきます！　皆さんは危ないので、いったん下がってください！」

「し、しかし……！」

「我らはこういうときのための特殊部隊だ！　簡単に引いてたまるものか！」

……まあ、そうなるよな。

いくら魔物は専門外であるとはいえ、警察にもメンツってものがあるだろう。

このまま高校生二人に場を任せてしまっては、世間からの非難も必須。だから逃げるに逃げられないのだと思う。

こうなることはなかば予想できていた。

ならばこれから訪れる強敵は、責任をもって俺たちの手で……。

「えっ………⁉」

「まさか……！」

しかしその瞬間、俺たちの予想もしていなかったことが起きた。

第二十四話 陰キャの紡いだ縁

――ドォォォォォォォォォォオ……！


低い反響音を響かせながら、俺たちの前方の空間が激しく歪む。

その歪みからは見るもおぞましい漆黒の波動が放たれ、いやが上にも恐怖心が掻き立てられた。

「なんだ、あれは……」

ＳＡＴ隊員が呆けたようにそう呟いた――その瞬間だった。


『『ガァァァァァァァァァアアア……！』』


おどろおどろしい咆哮が突如轟き、俺は身を竦ませる。

しかも咆哮は一つだけじゃない。

まさか――！

俺がそこまで思い至ったときには、周囲に数え尽くせないほどの化け物が出現していた。

青黒い球体に一ツ目が浮かんでおり、上部にはこちらも「金の蛇」と思わしき化け物が髪のごとく揺らめいている。

この圧倒的な邪気……。

俺も数々のダンジョン配信動画を見てきたが、こんな化け物は見たことがない。
某掲示板による報告によれば、世界中の探索者が出会えていない魔物がまだまだいるらしいが
……そいつもその一体ってことか。
しかも、それだけじゃない。

──その終点で、見たこともねぇ〝一ツ目の化け物〟が待ち受けていてな……。俺らはそいつにやられちまった。魔物が凶暴化したのはそのあとだ──


その外見を見て、俺は先ほどの中年探索者の言葉を思い出していた。

一ツ目の化け物……。

終点にいたにもかかわらず、ボスモンスターのようにその場に留まるわけでもなく、ダンジョン内を徘徊していた……。

「おそらくあれが今回の元凶みたいね……」

化け物を見渡していた美憂が、苦々しい表情でそう言った。

「リスナーさんたちのコメントにもあったわ。外に魔物が飛び出していたダンジョンには、一ツ目の化け物が出没していることが多いってね」

「そ、そうか……。討伐報告は？」

「あがってないわ。そもそも報告例が少ないしね」

「………」

いや、考えてみればそれも当然か。

あの中年探索者だって、相当の研鑽と経験を積んできた実力者だと感じられた。高難易度である《川越ダンジョン》の最下層にいたわけだし、パーティー全体の実力は考えるまでもないよな。

そんな彼らでさえ、あの化け物には敵わなかったのだ。

仮に目撃することがあったとしても、そのときには……。

「く、くおおおおおおおっ！」

「な、なんだ！　どういうことだ！」

と。

さっきまでかろうじて善戦していたSAT隊員たちが、急に悲鳴をあげ始めた。

『ゴァァァァァォアォォォォォオオアア！』

『ズギャアアオディアアアアアアアアアアアアア！』

魔物たちも青黒いオーラに包まれ、なにやら奇声を発している。身体能力が一気に向上し、SAT隊員たちを蹂躙し始める……。

「魔物の、凶暴化……！」

その様子を見た美憂が、怒りに声を震わせる。

「まずいわね。さすがにこうなっちゃうと、全員を守りながら戦うのはきついかも……」

「………っ」

派手な魔法を打って魔物たちを掃討しようにも、ここは学校の敷地内だ。

生徒や教員がどこに隠れているかわからない以上、広範囲に被害が及ぶ技は避けたほうがいい。

いったいどうするべきか……！


「――大丈夫。私が助太刀する」


「………え」

ふいに響いてきたその声に、俺は聞き覚えがあった。

だがおかしい。

彼女は探索者ではないはずだが……！

「やあっ」

その闖入者――塩崎詩音は魔導杖を大きく掲げると、いつものようにちょっと抜けたような声を発し、遠方に高威力の落雷を発生させた。

「ギュアアアアアアアア！」

「グァァアアアアアア……！」

これは……なんという威力か。

一か所だけに留まらず、詩音はＳＡＴ隊員たちがピンチに陥っていた箇所すべてに雷を落としている。これだけを見ても、彼女が凄腕の魔術師であることが推察された。

「し、詩音ちゃん……!?」

そして同学年であるためか、美憂も彼女を知っているらしいな。

魔女然としたとんがり帽子を被り、魔術師さながらの装備をしている彼女を見て――唖然と目を見開いている。

「つ、筑紫くん、あの子と知り合いだったの……?」

「うん。一応知り合いではあるけど、でも探索者だったとは聞いてないよ……」

きっと美憂も同じ気持ちなのだろう。

詩音はいつもと変わらぬ〝涼しい表情〟で、無感情に魔導杖を振り回しており――。

そんな彼女に対して、美憂も文字通り言葉を失っている。

「……ふふ、驚いたかな」

詩音は俺たちに目を向けると、少しだけ誇らしそうな顔になった。

「私も一生懸命修行したんです。大好きな筑紫くんの力になれるために」

「え………」

「まさかダンジョンじゃなくて、ここでお披露目することになったのは予想外だけれど。でも、私にはわかってる。ダンジョンの外でも力を発揮できるようになったのは筑紫くんのおかげで、そんな天才的な彼が私は大好きでいつもの大人しそうな雰囲気も好きだけど今のちょっと悪そうな雰囲気も大好きそのまま抱かれたいいやん私のえっち」

ドバーと。

そのまま鼻血を垂らしながら真顔で魔導杖を振り回している彼女に、美憂がやや引き気味に頬を掻いた。

「あはは……。ちょっと不思議ちゃんってのは知ってたけど……」

「〝ちょっと〟どころじゃない気もするけどね……」

後頭部を掻きながらため息をつく俺。

「っていうか筑紫くん、詩音ちゃんのこと呼び捨てなの？」

「え？　う、うん。そうだけど……」

「ふ～～～ん。そっか。私という女がいながらそういうことするんだ」

「いやいや、何を言ってるんだよ……」

またもため息をつく俺。

思わぬ展開が引き起こされたが、今が危機的状況だっていうことには変わりない。

にもかかわらずこの緊張感のないやり取り……いや、これもまた俺たちらしいというべきか。

「詩音。君が来てくれて助かった。どうにか警察たちと協力して、魔物を倒してくれないか？」

「うん。私はまだ新米探索者だけど……筑紫くんの頼みならなんでもするから」

「いやいや、なんでもって……」

っていうか今、彼女とんでもないこと言ってなかったか？

「ちょっと待って。新米探索者？」

「そうだよ？　さっき言ったじゃん。筑紫くんのために、一生懸命修行したって」

「……探索者になってからの年数は？」

「一か月もいかないくらい」

おいおい、マジか。

それにしてはさっきの魔法はとんでもない威力だったんだが——美憂とはまた違った意味の傑物が、こんなに身近にいたってことかよ。

第二十五話 陰キャたちの逆転劇

詩音が来てくれたおかげで、事態は一気に好転した。

美憂と詩音で協力体制を組み、強化された魔物たちを一気に蹴散らしていく。片方は剣士タイプ、もう片方は魔術師タイプなので、連携も文字通り抜群のようだな。

「えいっ」

「グオオオオオオオオアアアアアッ！」

「やぁっ」

「バアアアアアアアアアッ！」

なにより恐ろしいのは、詩音が引き続き無表情のままであることか。

涼しい顔で無造作に杖を振り回しているだけなのに、放たれる魔法は超火力。それに巻き込まれた魔物は、たった一撃で天へ召されているのである。

「え、私は初心者ですよ？　なんで皆さん一撃なんですか？」

「ギュアアアアアアア……！」

「その悲鳴は演技ですか？　魔物って意外と気を遣ってくれるんですね初めて知りましたでも霧島くんのかっこよさにはまるで及ばないのですあなたたちは知っていますか私は特に霧島くんの唇がめっちゃセクシーであの口で吸われるのが人生最期の願望なのですぶほっ……！」

そこまで言って、またセルフで鼻血を出す詩音。

「……なるほど、まったく攻撃してきてないくせに私を出血させるとは。私の知らない世界はまだまだ広がっているということですね…………！」

……ほんと、あいつは変わらないままだよな。

それでいて魔物に攻撃されないよう立ち回っているのだから、意外と探索者としてのセンスがあるのかもしれない。

「あ、あははは……」

そんな詩音にやや引きつつも、美憂も引き続き戦闘を続行。

彼女の実力にもさらに磨きがかかっており、こちらは詩音より速いスピードで魔物を蹴散らしている な。

ついさっきまでは押されかけていたSAT隊員たちも、さすがに自分たちの出る幕はないと悟ったのだろう。今は魔物たちに攻撃を仕掛けることもなく、おとなしく戦線から下がっている。

——そして。

『ガァァァァァァァァァ！』

突如現れた一ツ目の化け物については、俺だけで担当することになった。

本来なら無謀とも言える戦いだが、今の俺は謎の強化を遂げているからな。もちろん油断するつもりは毛頭ないが……正直、余裕な戦いだった。

「遅い」

大きく口を開けて突進してきた化け物の攻撃を、俺はひょいと最小限の動きで避ける。

そしてその隙を縫って、化け物の身体に剣を突き付けた。

『グウォ………………！』

たったそれだけの動作で、化け物はぐったりと地面に落下した。

俺が現在使っている武器は《紅龍・極魔剣》。

これは魔法攻撃力を大幅強化するばかりで、物理攻撃力には何の恩恵をもたらさない剣なんだけどな。

それでも一撃で倒せるということは、それだけ今の俺がぶっ壊れたステータスを誇っているということだろう。

爽快だった。

今まではステータスの低さを《ルール無視》でなんとか補っていたのが、今は真正面から殴り合える。これもこれで悪くないものだと俺は思った。

『世界1ノ理ガ適当サレテイナイ……？』

それよりも気になることが一つあった。

『オカシイ。コレハ通常考エ難キ事態……』

そう。

この化け物と戦っているうちに、どういうわけか魔物の声がちらほらと聞こえてくるのだ。

それも音情報として耳に入ってくるのではなく——脳内に直接響いてくる形で。

美憂も詩音もそれに気づいている様子はない。

どうやら俺だけが感じ取れる声のようだな。

「なるほど。やはりおまえたちにも知能があったか」

『────ッ』

『馬鹿ナ。人ゴトキガ、我ラノ言葉ヲ理解シタノカ……』

「はは。俺もまるで想像していなかったよ。まさか魔物と話す日がくるなんてね」

『愚カナル人間メガ……！　我ラヲソノヨウニ呼ブナドト……！』

魔物と呼ばれたことが怒りの琴線に触れたらしいな。

化け物たちはその一ツ目をぎろっと俺に向けると、

『貴様ハショセン人ノ子。ソノ貧弱ナ肉体ゴト喰イチギッテクレルワ！』

そう言って、一斉に突進してきた。

が──。

「やれやれ、うるさいことだな。本当に」

化け物たちが一斉に突進をはじめたコンマ数秒後には、俺は連中の背後に立っていた。

「おまえたちには色々と聞きたいことがあるが、ここはダンジョンの外側だ。すぐに死ねることを光栄に思うがいいさ、魔物ども」

そう言って俺が剣を鞘に納めた、その次の瞬間。

『グボガァァアアアアアアアア……！』

『アリエヌ……！　コノチカラハ、マサカ……！』

目にも留まらぬ速度で斬りつけられた魔物たちが、一体残らず地面に伏していった。

第二十六話　コメント回　新たな伝説を生み出した陰キャたち

バズータ：決まったぁああああああ

ガーナ：うおおおおおおおおおおお！

なる：おおおおおおおおおおおおおおおおおおおお！

マイクロ：かっけえええええええええええ！

早苗：霧島君、勝ったんですね。

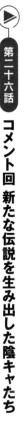

ゆきりあ：同接二十五万ｗｗｗ　普段は絶対ここまでいかないだろこのチャンネルｗｗ

まろ：収益の半分以上を二人に渡すべき

ディストリア：ふふ、僕は信じていたよ。君たちなら必ずや成し遂げてくれると。そして実際、君たちはこの困難を乗り越えた。素晴らしいよ。

漢：てか急に現れた魔術師の女の子も可愛くね？　めっちゃ巨乳だし

はっつ：ミルちゃんとはまた変わった可愛さだよな

みゅう：は？　私のほうがおっぱい大きいから

みんと：いやそれは聞いてないんだがw

リストリア：なるほど、彼女は……。

ヴァドス：マジかよ

ガッツ：つーかやばいだろw　あんなに涼しい顔して、でけぇ魔法ぶっぱなしてたぞww

カン：俺ダンジョンにあんま詳しくないんだが、あれが上級魔法ってやつ？

ラード：いや全然違うｗ　初級魔法だぞあれｗｗ

はいく：は？　あれで初級魔法？

レバル：そうだな。最初に使ってた魔法も、雷属性の初級魔法、《サンダー》だったと思う

カン：は？　じゃあなんであんなに強いんだよ

リストリア：単純に魔法攻撃力が高いんだと思うよ。いくら上級魔法だって、魔法攻撃力が低かったらあそこまでの火力は出せない

フェイク：でも掲示板であんな魔術師なんか話題になってたっけか？　絶対有名人だよな、あそこまでの使い手だったら

ラード：いやいないｗｗ　だからあの子、たぶん新人ｗｗｗｗｗ

まろ：は？　新人？

ガルガンテ：新人があんな魔法を使ってるなんて、それマジだったら頭痛が痛いんだが
新藤道：「頭痛が痛い」は正しい日本語ではありませんよ。正しくは「頭痛がする」、もしくは「頭が痛い」となります。
韓：リスナーの層が違ってるからコメ欄カオスになってるなｗｗｗ
バッド：でも確かに納得だな。あんなに強いわりに、なぜか初級魔法しか使ってないし
昭和頭：よくわかりませんが、このとんがり帽子被っている女の子、可愛いですね。彼女にしたいです。
ゆきりあ：まあ、俺たちの推しはあくまでミルちゃんだけどな
田町幸雄：それよりも、これは一体、どういうことですか？　この警察官たちはＳＡＴだと見受けられますが、どうして彼らは少年たちに戦いを譲っていたのですか？

早苗：ほんとに。いったいどういうことでしょうか？

ディストリア：ふふ、簡単なことだよ。日本政府は以前からダンジョンについてきちんと対策を練ることができていなかった。そのうえ、もともとダンジョン監視を担うはずだったダンジョン運営省までもが失脚したんだ。もはや行政がきちんと運営されていない今——割と本気で、彼ら二人が救世主になっているわけさ

ベッド：いや、マジでそれだよな。今回の事件で、警察じゃまるで魔物に歯が立たないことが立証されたわけだし

リストリア：うん。これが世界中に流れたからには、世の流れは大きく変わると思うよ

高山和樹：なるほど。国枝総理への支持率にも影響しそうですね。

田町幸雄：なんと……。この少年が世界の命運を握っているというわけですか

リストリア：うん。冗談でもなんでもなく、本当にその通りだと思う

早苗：となると、私たちもこの霧島くんって子を援助しないといけませんねぇ。霧島くん応援団でも作りましょうか

ゆきりあ：ｗｗｗ　霧島少年の応援団なら、もう腐るほどあるよｗｗ

田町幸雄：え、そうなんですか？　そんなに有名人なんですね彼らは。

バルフ：うん、そゆことｗｗ

美里：まあでも？　一番の応援者は私だし？　初期の頃から霧島くんのかっこよさに気づいてたし？

シンル：は？　私のほうが先に気づいてたよ

ゆっくり：またしても女の争いが始まってて草

シンル：いやいや、争いにもなってないから。私が一番、霧島くんを推してるから

ディストリア：僕は誇らしいよ。つまりはこれだけ、君たち二人の影響が大きいということだ。……もはやミルちゃんも霧島少年も、単なるインフルエンサーの器には留まらない。君らならきっと、この混迷なる世を切り開く若者になってくれるとね

第二十七話　陰キャ、思わぬ出会いを果たす

戦いは無事に終わった。

実に呆気ない終わり方ではあったが、それだけ俺のステータスが大幅強化されていたんだろう。

Aランクの探索者パーティーでさえ敗走した化け物を、俺はたった一撃だけで倒してしまったのだから。

——そして。

俺が化け物たちを片付けたのと同時に、美憂たちも魔物どもを一掃できたようだな。

「ふう……」

「うん。ざっとこんなもんね」

彼女たちはそれぞれ武器をしまい、一息ついている様子だった。

周囲の気配を探ってみても、魔物がどこかで身を潜めている様子はない。これで正真正銘、俺たちの完全勝利と言っていいだろう。

「……すげえ」

静まりかえった校庭に、誰かの声が響きわたった。

「すげえ！　すげえよ三人とも！　マジで命の恩人だ！」

声の主は月島高校の生徒だった。

校舎の上階から戦いを見守っていたようで、たしか戦闘中も大声で応援してくれていた気がする。

「おおおおおおおお！」

「マジでどうやったんだよ！」

「ダンジョンの外でも戦えるようになったのか!?」

「正直、警察より活躍してたよね……！」

そして最初の声を皮切りに、戦いを見守っていたすべての生徒が大声をあげ始めた。

……まあ、ついさっきまで命の危険に晒されていたわけだからな。そこから一気に解放されたわけだから、喜びも一入《ひとしお》だろう。

こんなにも賞賛されると、やっぱり背中がむず痒くなってしまうけどな。

「むっ…………」

そしてその声援を聞いたSAT隊員が、少しむっとした表情を浮かべていたのは仕方のないことか。

無理もない。

通常の事件とは違い、今回はダンジョンの中から魔物が飛び出してきたのだ。

どう考えても警察には分の悪い事件だったと言わざるをえないが、だとしても、高校生がたったの三人で学校の危機を救ったわけだからな。反してSAT隊員は完全なお荷物になってしまっていたわけで、ここにむっとするのは致し方ないことだろう。

「うお…………」

と。

戦闘終了が契機になったのか、俺の全身から力が抜けていくのを感じた。

さっきまで全身に漂っていた漆黒のオーラは鳴りを潜め、異様なほど湧き出してきていた力ももう発揮できない。これで時間切れ、ということか。

「あ……」

「おっと……」

それに合わせるようにして、美憂と詩音の服装も元に戻っていく。

さっきまではどちらもファンタジーアニメさながらの装備をまとっていたが、眩い光が彼女たちの全身を包み込んだ瞬間、月島高校の制服に戻っていた形である。

「も、戻った……」

「いったいどういうこと……?」

もちろん二人も困惑していたが、まあ十中八九、俺の異能が解除されたからだろう。

さっきまでの俺は、《ダンジョン外での能力制限解除　永久》とかいう超化け物能力が扱えたからな。そのバフがなくなったことによる影響だと思われる。

とはいえ、それをこの場で話すとややこしくなる。

ひとまずは先に退散して、総理に本事件を報告するのが吉か。

あまり長くこの場に留まっていると、また大勢の視聴者に囲まれそうな気がしてならない。有名人になるのは嬉しくもあるが、一日に何度も押しかけられるのはさすがに疲れるからな。

……いや。

その前に、最低限ひとつだけ確認すべきことがあるか。

「あの、そこの記者さん」

「はいっ⁉　私でしょうかっ！」

さっきまでビデオカメラを構えていた二葉社の記者——端本が、やや緊張したような面持ちでそう言った。

ちなみにだが、現在は撮影をしていない。

美憂が元の姿に戻ったあたりから配信を中止していたので、最低限の気遣いは見せてくれていた。

「念のためにお聞きしますが、今の戦い、ネットで配信されていた感じですか？」

「あ、はい！　二葉社の公式チャンネルでがっつり配信していますです、はいっ！」

「そ、そうですか………」

ほんと、年齢的には彼女のほうが年上のはずなんだけどな。

このおっちょこちょいそうな雰囲気……彼女には申し訳ないが、妹とでも話しているような気分になる。

「今回は結果的に助かったからいいですが、次回から許可なく撮影は控えていただけると。……あと、この動画は総理にお見せしますけど、いいですよね？」

「はい、もちろんです！　私も霧島さんたちの正義を配信していきたい気持ちですし、はいっ！」

「せ、正義……」

なにを言っているのかよくわからないものの、彼女が良くも悪くも〝まっすぐな性格〟であることは伝わってくる。

記者のなかには、俺たちのスキャンダルネタを探ろうとしていたり、あからさまなスクープ欲しさで突撃してくる者がかなり多いが――。

だが少なくとも、端本はそうした記者たちとは違いそうだな。

「あ、よければぜひ、連絡先を交換してください！　お二人とは個人的にも仲良くしておきたくて、ぜひっ！」

「え、でも基本的に取材はお断りを……」

「どうかお願いしますっ！　取材じゃなくても、まずはお友達からでもっ……！」

そのままぐいぐいっとスマホを押し付けてくる端本。

戸惑いつつ背後を振り向くと、美憂も同じく困ったような表情で頷いた。

「わ、わかりました。でもこちらからネタを提供するとか、そんなことは基本ないですよ？」

「いいんですいいんです！　もちろんネタはほしいですけど、それだけじゃないですから‼」

「は、はぁ……」

彼女にも彼女の事情があるということか。

まだ社会人になったことがないので、そのあたりの事情はわからないが。

「で、では……ロインのQRコード出しますね」

そう言って俺のスマホを差し出すと、

「わああああああ！　あ、ありがとうございますっっっっ！」

彼女は文字通りの純粋な笑顔で、俺に感謝の言葉を述べるのだった。

第二十八話　事件の核心へ

「つ、筑紫くん。そろそろ……！」

「うん。そうだね……」

　想定外な手間がかかってしまったが、やはり俺たちがこの場に留まっているのはよくなさそうだな。ファンは言わずもがな、端本以外の報道陣たちが押しかけてくる可能性もあるだろう。

「特ダネがあったら、絶対私のところに連絡してくださいね！　絶対ですよっっっ！」

「は、ははは……。まあ考えておきますよ」

　なおも突っかかってくる端本に苦笑で応じつつ、俺たちはその場から去ることにした。

　このあとも学校の修復作業などが残っていると思うが、さすがにそれは俺たちの性分ではあるまい。総理への報告も含めて、俺たちにしかできないことをやっていこうと思う。

「もう行くの？　二人とも」

と。

　もう退散しようとする俺たちに対し、詩音が声をかけてきた。

　あれだけ多くの魔物と戦っていたというのに、まるで息切れひとつしていない。ほんとに、なにが新米探索者なんだか……。

「うん。私たちにはやることがあるから……。詩音さんもありがとね、助かったよ」

「えへへ……。ミルちゃんに褒められた」

おそらく詩音は《綾月ミル》のファンでもあるのだろう。

美憂の褒め言葉に対し、素直に嬉しがっているのが感じ取れる。

「よかったら、今度ミルちゃんの胸も触らせてよ。すっごく柔らかそうだもんね」

「うんうん、全然いい――って、なに言ってんの⁉」

「え？　すごく大事なことだなと思って……」

「どこが⁉　私たち、話すのはこれが初めてでしょ⁉」

……ほんと、詩音は相変わらずだな。

あの美憂が突っ込み役になっているなんて、俺からすれば新鮮な光景だった。

「それじゃ、二人とも頑張ってね。私はこれから学校の修復作業を手伝おうと思う」

「いきなり真面目な話されると、それはそれでびっくりするんだけどね……」

最後の最後まで呆れ気味の美憂だった。


さて。

その後もSAT隊員たちに引き留められつつ、俺と美憂は学校の敷地を抜け出すことができた。

今日は朝から《川越ダンジョン》に潜って、その後は襲撃されている月島高校を助け出して……。

あまりにも濃密な一日だったからな。

これ以上はさすがに無用なトラブルに巻き込まれたくない。どこか適当なところに身体を落ち着けて、休みたいところではあるが……。

「………………」

「ん？　美憂、どうしたの？」

住宅街を歩いている最中、美憂がしかめ面でスマホを見ている一幕があった。

SNSの通知音が鳴って、その内容を確認したあとの反応である。

「い、いや……。なんでもないわ」

慌ててスマホを懐にしまう美憂。

――いったいどうしたんだろうか。

インフルエンサーになった以上は、意図の読み取れないメッセージは頻繁に届く。

彼女ほどの有名人ならそれにも慣れているだろうし、それ以外の〝予期せぬこと〟が起きたということか。

しかもなぜだか、最近の美憂は、俺になにか隠し事をしているような気がする。

「……そ、そっか」

もちろん、俺と彼女はしょせん他人同士だ。

だからお互いの事情にまで踏み込むつもりはないが、こうして隠し事をされるのは、少し寂しくもある。

……いや、なんでそもそもそんな感情が浮かんでくるんだろう。

俺は俺、彼女は彼女。

ただそれだけの話のはずなのに――。

「すみません。お二人は霧島様と綾月様ですよね」

「え…………」

そんな思索を巡らせていると、いきなりフードを被った不審者に話しかけられた。

しかも何かしら面倒な事情を抱えているのか、きょろきょろと周囲を見回している様子。

高校が襲撃されたばかりで、今は警察が警戒を張っている最中だ。彼らに捕まるのを恐れているようにも見える。

「…………」

明らかに面倒事を運んできそうな人物なので、警察に突き出そうとも思ったのだが――。

「……あまり時間がないので端的にお伝えしますね。私はこういう者です」

「え……」

差し出された名刺を見て、俺はさすがに驚きを隠せなかった。


――ダンジョン運営省　ダンジョン調査局　局長　米山和樹――


そこにはそう書いてあったからだ。

「こ、これって……！」

美憂も同じく、その名刺を見て驚きの表情を浮かべる。

「……驚かれるのも無理ありません。総理にも大至急お伝えしたい内容ですので……何卒お願いできませんでしょうか」

★★★

というわけで、今日はもう少しばかり長い一日になりそうだった。

俺たちは近くにあった懐石料理店に足を運ぶと、俺と美憂が隣同士、その向かいに米山が座る形になった。会話が外部に漏れては困るので、もちろん個室の席である。

「す、すごい高そうなお店ですけど……。ほんとにお金まで出してくださるんですか？」

「ええ、もちろんです。声をかけたのは私のほうですし――むしろ突然の申し出を受け入れてくださったお二人にこそ、私は頭が上がりません」

美憂の問いかけに対し、米山はへこへこと頭を下げる。

――米山和樹。

年齢はだいたい四十代後半くらいか。

局長の座にまで上り詰めているということは、紛うことなき「ダンジョン運営省の幹部」だろう。

今までまったく連絡が取れなかったという彼らが、まさか俺たちに声をかけてくるとは……。

聞きたいことは山ほどあるが、油断は禁物だ。

いざというときに備えて、《ダンジョン外での能力制限　一時無視》を使えるようにしておく必要があるだろう。

「はは……警戒されてしまっておりますな。この情勢を考えれば、まったく無理からぬことですが……」

そんな俺たちの様子を見て、米山は切なそうに笑う。

「そう気を張らないでください。私から言っても説得力の欠片もないかもしれませんが……あなたがたに危害を加えるつもりはないのです」

「……そうは言われましてもね。さっきから周囲を見回しているのは、警察を警戒してのことでしょうか？」

「け、警察……？」

そこで米山はぎょっと目を見開いた。

「め、滅相もありません……！　私が怖れているのはただひとつ……魔物たちだけです」

「へ…………」

思わぬ回答に、俺と美憂は互いの顔を見合わせた。

「魔物……？」

「ええ。名刺を見てお察しいただいているとは思いますが、私が所属しているのは《ダンジョン調査局》……。世界各地にダンジョンが生まれた理由を調査している最中、私たちは気づいてしまったのです」

ごくり、と息を呑む俺と美憂。

やや間をあけて、米山はなんとも信じがたい発言を口にした。

「――ダンジョンは異世界への中継地点となるもの。彼らはこの地球を侵略するために、異界からダンジョンを出現させたのだと」

第二十九話　霧島雄一

しばらく沈黙が続いた。

店のスタッフがテーブルに料理を運んできてくれたが、それに手をつける気さえ起こらない。

――魔物が地球を侵略しようとしている。

――ダンジョンはあくまでそのための中継地点。

つい最近までの俺だったら、こんな話を信じることは到底不可能だっただろう。

ダンジョン運営省の人間なんて信用できないし、俺たちを誑《たぶら》かすための嘘八百だと考えていたはずだ。

けれど……俺たちは今日見たばかりだった。

魔物たちが、明確な悪意をもって人間に襲いかかってきた光景を。

魔物が飛び出してきた《川越ダンジョン》にて、異様な空気が漂っていた光景を。

ここまでの状況が出揃っておいて、米山の言葉を頭ごなしに否定することはできなかった。

「先ほどの襲撃事件を経てわかったでしょう。私たち人間では、基本的に魔物には勝てません。いかに強い武装をしようにも、魔物たちには、それよりも強力な能力がある」

「…………」

「……ですから私たちは、建前上は魔物に協力するフリをしています。彼らの機嫌を損なえば、彼らがどう牙を剥くかがわからない。ですから世間にはあえて真実を伏せて――我が省が炎上してしまったあとは、身を隠すことに決めたのです。うっかり余計なことは言えませんからね」

「……しかし、その炎上の原因は郷山弥生が作りだしたものでは？」

「ええ、おっしゃる通りです。迂闊だったと言えばその通りですが、私たちは彼女の事情も――いいえ、迷惑を被ったあなたたちには、どんな言い訳とて通用しませんね」

ん……？

なんだ。

あの郷山弥生にもなにかしらの事情があったということか。


――ふふ、あなたたちも私のことを調べているようだけどね。前に週刊誌に載っていた情報は、半分は合っていて、半分は間違っているのよ――

――霧島筑紫。今のあなたもお父さんそっくりよ。すごく正義感に溢れていて、自分の利益だけを追求するのではなく、誰かの犠牲にもなれる人。私はそんな彼を心の底から愛していたし、心の底から憎んでいたわ――


かつて弥生は俺たちにそう言い放ったが、そういえばその言葉の真相もわかっていない。いや、知ろうとさえ思わなかったのが正解か。

もちろん……あいつは俺たちを陥れようとした女だ。

どんな事情があったとて、肩入れするつもりは毛頭ないが。

「なるほど、事情はわかりました」

沈黙する俺に代わり、美憂が話を繋いでくれた。

「つまり今のあなたたちは、国会からの追及を逃れるために身を隠しているというわけですね。〝真実〟を口走って、魔物たちの逆鱗に触れないために」

「……ええ、そういうことです」

こくりと頷く米山。

「しかし――今回の事件でわかりました。たとえ黙っていたとしても、奴らの最終目的は地球の侵略にあるのです。黙っていようが暴露しようが結局は同じこと。ならばこそ覚悟を決めて、政府の協力者たるあなたたちに本当のことをお伝えしようとしたのです」

……なるほど。

まだ完全に信じるつもりはないが、一応の筋は通っているか。

もし一連の話が本当であれば、たしかに総理に伝えないと大変なことになる。

日本の――いや、全世界の安全にも関わってくる話だからな。

「わかりました。この件は政府にも連絡させてもらいますが、ひとつだけ聞かせてください。――魔物たちの狙いを、あなたたちはどうやって調査したんです？」

「む……」

「筑紫くん、どういうこと？」

押し黙った米山に代わって、美憂が不思議そうな表情で訊ねてきた。

「いや、簡単なことだよ。今は多くの探索者がダンジョンに潜ってる。その〝大勢の探索者〟でさえまったく気づいていないことに、どうしてダンジョン運営省が簡単に辿り着いたのか知りたくてね」

「あ…………」

これは盲点だったのだろう。美憂が大きく目を見開いた。

「ふふ……なるほど。さすがは霧島筑紫様。血は争えませんか」

米山もなかば感心したような表情で俺を見つめる。

「……これは単純な話です。あなたのお父様――霧島雄一様が大きく貢献してくれたのですよ」

「え…………？　父が？」

「はい。私も原理まではわかっておりませんが、雄一様は魔物の声が〝わかる〟ようでしてね。その圧倒的な実力も合わせて、真実の解明に一役買ってくれたのですよ」

「…………っ」

まさか、そんなことがあるのか。


――馬鹿ナ。人ゴトキガ、我ラノ言葉ヲ理解シタノカ……

――愚カナル人間ヨ……！　我ラヲソノヨウニ呼ブナドト……！

さっき聞こえてきた野太い声は、間違いなく魔物から発せられていた。

それと同じものを、父も聞いていたというのか……？

「父は、それ以外になにか言ってませんでしたか？　他にも変な声が聞こえるとか……」

「ふむ……？　いえ、それ以外は特に……」

「そ、そうですか……」

いや、父のことだ。

他人に心配をかけさせるようなことは絶対に言わないはず。

誰にも言えず……自分だけで抱え込んでいた可能性は非常に高い。

「…………」

俺の反応を見て、米山もなにか思うことがあったのだろう。

ふうと息を吐くと、改めて俺を見つめて言った。

「詳しくは聞きませんが、筑紫様も当時のお父様に似ています。あまり自分だけで抱え込まず
――頼れる方にご相談してみてはいかがでしょうか」

「頼れる方……」

「ええ。もちろん私の言葉など微塵も響かないでしょうがね」

米山はそう言って切なそうな表情を浮かべると、改めてテーブル上の料理に目を落とした。

「さあ、せっかく高級料理店にきたのです。代金は私がお支払いしますから、ぜひ思う存分に召しあがってください」

第三十話 新たな有名配信者

その後俺たちは、ひとまず総理に一連の出来事を報告することにした。

今朝訪れた《川越ダンジョン》の不可思議な点や、月島高校に襲撃してきた魔物たち、そして先ほどの米山の話……。

一度に報告する量ではないが、それくらい今日は激動の一日だった。

「ははは……すごい数の情報じゃないか」

総理も驚いていたものの、それをしっかり受け止めてくれたあたり、さすがは一国を束ねるリーダーといったところか。

「ありがとう。米山くんもああ見えて誠実な人間だ。貰った情報についても、一定の信頼を置いていいだろう」

「ええ、米山さん本人は信用できる方だと思います」

ちなみにその米山だが、食事が終わったあと、また一人でどこかへと消えていった。

詳しいことはわからないが、拠点にしている場所があるらしいな。

案の定、拠点の詳しい位置までは聞き出せていないが。

「とりあえず、米山くんからの報告に関しては慎重に取り扱わせてもらうよ。公表はしないから安心してくれ」

「そうですね……。そうしてもらえると助かります」

面倒な事態に巻き込まれているとはいえ、米山も様々な〝やらかし〟をしているからな。

さすがに罰則なしというわけにはいかないだろうが、まあ、そのへんは俺の立ち入る話ではないだろう。

「あとは……そうだな。調査の見返りというわけじゃないが、君たちにも重要な情報を伝えないといけないね」

「重要な情報……？」

「ああ。といっても月島高校と一緒だよ。私もまた、どこからともなく現れた魔物にいきなり襲われたんだ」

「な、なんだって……⁉」

思わず素っ頓狂な声を発してしまう俺。

なんと月島高校だけじゃなく、総理に対しても襲撃をかけたのか。

やはり米山が言っていた通り――魔物たちは本格的にこの世界に侵攻しようとしているようだな。

「そ、それで大丈夫だったんですか……？」

「ああ、そこまで強い魔物ではなかったからね。ＳＰになんとか凌いでもらったあと、全員で逃げ帰った形になる」

「………」

「はは、君も不思議に思うかい？　このことを」

「ええ……。魔物が地球侵略を狙ってるのなら、総理にこそ強い魔物をけしかけると思いますが……」

実際は総理ではなく、月島高校のほうに大規模な襲撃がかけられたわけだ。

――ほんとに謎だらけだな、この一連の出来事は。

「まあ、私のほうでも色々と考えておくよ。なにやら想定していた以上に、多くの事情が絡んでいそうだからね」

「はい……。なんだか頭が混乱しそうです……」

「はは、今日は特に大変だったみたいだからね。いつか直接お礼させてくれたまえ。――それではね」

その言葉を最後に、国枝総理との通話が終わった。


「はあ…………っ」

通話終了ボタンを押した俺は、盛大にでかいため息をついた。

なんだか当たり前のように会話していたけれど、スマホの向こうにいたのは国枝総理大臣なんだよな。ここ最近の生活が一気に変わりすぎて、ほんとに疲れが溜まる一方だ。

「ふふ、筑紫くん、電話お疲れ様」

「ありがとう……。ほんとに疲れたよ……」

現在、夜八時。

総理との電話は誰にも聞かせられないので、人気《ひとけ》のない公園で行っていた。

……いや、正確には向こうから電話がかかってきた形だな。

おそらくは月島高校への襲撃事件を知って、総理も俺と情報収集をしたかったんだと思う。米山との食事中にも、何度か総理からの電話がかかってきていたからな。

だがまあ、おかげで総理への報告も無事に完了。

やるべきことはすべてこなせたので、そろそろ家に向かってもいい頃合いだろう。

「……そういえば、美憂は今日、電車で帰るんだっけ？」

「あ、うん。どこで解散するかわからなかったから、自転車じゃないほうがいいかなって」

「したら送ってくよ。またマスコミとかが張り付いてるかもしれないし」

「え、悪いよ。筑紫くんの家はこっから近いでしょ？　さすがに申し訳ないって」

「あ、うん……。そうだね」

なんだろう。

ほんとに気を遣ってくれてるんだとは思うが、やっぱりちょっと距離を感じるよな。

……いや、よく考えたらそれも当たり前か。

俺はもともと、郷山にいじめられまくっていた生粋の陰キャ。美憂のような美少女と一緒にいられること自体、本来はありえないような人間だ。

最近は動画配信が軌道に乗っているので、必然的に彼女とともにいることが増えているが――。

ゆめゆめ忘れてはならない。

俺はあくまで、綾月ミルとのコラボ相手っていうだけ。それ以上でもそれ以下でもないのだと。

──ピロリン♪

ふいにスマホの通知音が鳴った。

俺ではなく、美憂のスマホである。

「…………っ！」

その画面を確認した美憂が、またしても表情をしかめさせる。

いったいどうしたというのか。

気になるところではあるが、前にそれを聞いてもはぐらかされたからな。ここは聞かずに、今日のところは別れるのがベストか。


「──やあ、やっぱりそこにいたんだね。美憂ちゃん」


と。

聞き覚えのある声が聞こえて、俺は思わず目を見開いた。

背後を振り向くと、やはりそこには思った通りの人物がいた。

──宮本浩二。

一千万人ものチャンネル登録者を抱える有名配信者で、ジャンルは俺たちと同じダンジョン探索。薄緑色の短髪に、面妖さを感じる吊り目。胸元も大きく開けており、そのイケメンっぷり・お色気っぷりから、多くの女性ファンを獲得している配信者でもある。

　そうか。

　美憂が隠れて連絡を取り合っていたのは、この宮本浩二だったのか……。

「ひどいじゃないかァ美憂ちゃん。僕らはもう恋人なのに、連絡を無視するなんてさ♪」

「え………？」

　突然のカミングアウトに、俺も驚きを隠せない。

「さあ、いこうよ。そんなしょうもない陰キャなんか放っておいてさあ、僕と夜の街へと繰り出そうじゃあないかァ……」

　そう言って、宮本はいきなり美憂の腕を掴み上げた。

第三十一話　信じる気持ちは時に

「いや、やめてっ！」

宮本に捕まれた手を、美憂は思い切り振り払った。

「おうっと」

宮本は彼女に拒否された形になるが、だからといって一切気にしている様子はない。むしろ嫌がっている美憂を見て、ヘラヘラと笑っているのみだ。

「あ、あんた、なんでここがわかったのよ！　配信でこの場所を公開したわけじゃないのに……！」

「いやぁ？　簡単な話でしょ。僕の熱心なリスナーちゃんが探してくれたんだよ。僕と刺激的な夜を堪能するためにさ♡」

「は……？」

「けれどまあ、僕はリスナーなんかには一切興味がない。その子とも一回は遊んであげたし、良い女ではあったんだけどねぇ……。有名配信者の僕には全然釣り合わないっていうかぁ〜。ま、そのへんの感覚は君らだってわかるっしょ！」

「………」

「だからチャンスをあげたんだよ。僕が一回抱いてあげる代わりに、可愛い可愛い美憂ちゃんを探してくれってね」

そこまで言ってから、宮本は額に手をあて、奇妙な笑い声をあげる。

「あはははははっ！　ほんと、ファンって馬鹿な奴らばかりだよねぇ。一丁前に僕のこと信じちゃってさ。僕の目的なんて、美憂ちゃんとエッチなことしたいだけに決まってるのにさ♡」

……なるほど。

要するにこいつは、リスナーの恋愛感情を利用して美憂を探させたわけか。

宮本浩二といえば、聖人君子として広く認知されている配信者のはずだけどな。

ダンジョン内で危機に陥っている人を、自分の危険を顧みず、時には大怪我を負ってまで助け続ける――。

そうした動画がバズり続けた結果、チャンネル登録者が一千万人にまで到達したと聞いている。

だがこの様子を見るに……それはあくまで動画配信のための演技に過ぎなかったってことか。

「ふふふ、霧島くんの考えてることわかるよぉ？　君みたいな陰キャはさぁ、僕のこと大嫌いだもんねぇ～～～。隣に可愛い女の子がいるってのに、まったく手を出せないでさぁ！　僕みたいな人に取られたあと、陰でぐちぐち言ってるんでしょお？」

「…………っ」

ほんとにこいつ、配信中とはまったくの別人だな。

隙を見て、〝宮本の裏の顔〟をライブ配信してやろうかと思ったが……。しかしこいつも紛うことなき有名配信者。

ヘラヘラ笑いながらも、俺と美憂の手元に鋭い視線を向けているのがわかる。

「さあさあ、早く来てごらん美憂ちゃん。今は嫌かもしれないけれど、一回でも僕のテクを味わってみなよ？　きっと僕の傍から離れられなくなるからさあ！」

「……何回も同じこと言わせないで。私があんたと一緒になることは絶対にないわ」

「ふ～ん？　そっか。それって、そこにいる霧島くんが好きだから？」

「…………」

そこでなぜだか押し黙る美憂。

「でもさあ美憂ちゃん、よく考えてみなよ。君らだって、出会ってから短いわけじゃないでしょ？　にもかかわらず、霧島くんから明確なアプローチはされてないいんじゃないかなあ？　どう？」

「…………うっ」

「君の気持ちはなんとなぁ～くわかるけどさ、そんなの無駄な恋だよ。実るはずもない恋心を抱き続けるなんて、そんな辛いことはないいんじゃないかなぁ～～～♡」

「…………」

黙りこくる美憂の顎を、宮本がくいっと持ち上げる。

「だからさ、僕のところに来なよ。君だって、ほんとはイケメン好きでしょお？」

「…………黙って」

「ん～～～？　なんて」

「黙ってって言ってんのよ！　汚い手で触るな！」

――――パチン！

誘惑を繰り返す宮本に対し、美憂は容赦のないビンタをかました。

「……………おいおい、嘘だろ？　僕の顔を殴るなんて……」

「うるさい！　これ以上喋ったらライブ配信はじめるわよ‼」

「ぐ………」

咄嗟にスマホを取り出した美憂に対し、宮本がぐっと押し黙る。

「イケメン？　有名配信者？　だからなんなのよ！　たとえ筑紫くんに見向きもされなくたってもいい！　紅龍から私を守ってくれたときから、私は、私は、ずっと筑紫くんのことが大好きだったんだから‼」

「み、美憂……」

まったく信じられなかった。

俺はこんなにも情けない男なのに。

陰キャで自信がなくて、だから美憂にもまったく積極的に動けなかったのに。

そんな俺なんかを、こんなふうに思ってくれてたなんて……。

「ふん。馬鹿な女だ。今はまだ君らのほうがチャンネル登録者も多いけど、僕だって勢いでは負けてない。いずれ追い越された後でも、同じこと言えるの？」

「………何度も言わせないで。私は数字で人を判断しない。あなたとは違うの」

「ふ〜〜ん。それならいいけどね」

そう言うなり、宮本はつまらなそうに身を翻した。

「でも、これだけは覚えておくことだね。有名人たる僕を——君らが敵にまわしたことを」

最後にこちらをぎろっと睨みつけると、宮本は逃げるように公園から立ち去っていった。

第三十二話　陰キャ、ついに決す

その場には静寂だけが残された。

優しく頬を撫でていく風の音だけが、俺の聴覚を刺激する。

このあたりは田舎なので、夜になると通行人もほとんどいなくなるんだよな。車もまるで通らないので、文字通りの無音が長いこと続いていた。

けれど、俺はこの沈黙を気まずいとは感じなかった。

むしろ居心地が良いとさえ思っていた。

「……ごめん、筑紫くん」

そんな静けさを、美憂の小さな声が破った。

「いきなりあんなふうに言われても困るよね。今のはあいつを追い出すための方便だと思ってくれれば……」

「美憂……」

「それじゃあね。私はもう帰るから」

そう言って歩き出そうとする美憂。

――今までの俺は、そんな彼女をただ見送ってしまっていた。

美憂の気持ちになかば気づいていつつも、自分が陰キャであることを思い出して、「そんなはずはない」と思い込んで。

そして次には、彼女にはもっといい人がいるはずだと考えて。

……けれどそれは、結局甘えていただけだったんだと思う。

相手を気遣う姿勢を見せることで、自分が傷つくことから逃げていた。その「気遣い」が、実は彼女を一番傷つけていることにも気づかずに――。

この期に及んで逃げるつもりはない。

陰キャだという負い目はどうしても拭いきれないが、それでも、緊張に抗ってでも彼女に声をかける。

「美憂。さっきの話はまだ終わってないよ」

「へ……？」

「ここから家までは遠いっていう話だったよね。――やっぱり、送ってくよ」

「あ…………」

そこで思いっきり頬をピンク色に染める美憂。

「あ、ありがとう。でもやっぱり、それだと筑紫くんに申し訳ないし……」

そこで一瞬だけ言い淀むと、美憂が上目遣いでこちらを見上げてきた。

「よかったら、今日は筑紫くんの家に泊まらせてくれないかな。……私の家には何度も来たことあるけど、私が筑紫くんの家に行ったことはないし……」

「…………！」

マジか。

お泊まりか。

今までの俺だったら条件反射で断っているところだったが、しかし今、そんな無粋なことをしている場合ではあるまい。

幸いにも（?）、母さんは今日夜勤だと言っていたはずだ。

急に家に女の子を連れ帰ったとて、大騒ぎされることはないだろう。

「わかった。……散らかってて恥ずかしいけど、行こうか」

「うん。嬉しいな」

そう言ってはにかんだように笑う美憂は、やっぱり天使のごとき可愛さだった。

★　★　★

——よえー！　クソザコじゃん！

——クスクスクス……。

——なあみんな！　こいつマジでキメェよな！　いなくなったほうがいいんじゃねえの？

——うん。キモすぎて、ほんと見てて吐き気するわ。

生まれてからこの方、ずっと郷山健斗にいじめられ続けてきた。こちらが何を言ってもまったく聞く耳を持たれず、ずっと暴力や暴言の標的にされてきた。

今ではもう、郷山弥生の教育が原因だったとはわかっているんだけどな。

けれど、だからといって心に残ったトラウマまでもが綺麗さっぱり消えるわけではない。

やっぱり人と関わるのが怖いときはあるし、本当の自分を晒け出すと嫌われるのではないかと思うこともある。

なにしろ俺をいじめてきたのは郷山だけに限らないからな。

女性陣からもひどい言葉を浴びせられてきた俺にとって、女の子を誘うことは「勇気」どころか「精神的苦痛」だと感じられることさえある。

だから美憂とともに帰途についている間も、俺は緊張しっぱなしだった。これが本当に現実に起きていることなのか、まるで信じられない気持ちだったのだ。

けれど――。

もういい加減、そうした過去とは決別すべきだよな。

「あ………」

俺がそっと美憂と手を繋ぐと、彼女はまたも頬を桜色に染めた。

そしてぎゅっと……握り返してくれた。

「ふふ……嬉しいな。筑紫くんのほうから、そうやって積極的に来てくれるなんて」

「ごめん。ほんとは、もっと早くからこうするべきだったかもしれないけど……」

「ごめんはなし。……こうやって勇気を出してくれてるだけでも、すごく嬉しいんだから」

「美憂……」

そうこうしている間に、とうとう俺の家に着いた。

一軒家ではなく、マンションの一室ではあるけどな。

玄関の先にはリビングがあって、お風呂やトイレがあって、俺や母親の部屋がある——。

どこにでもある部屋ではあるが、そのなかでも、ひとつ美憂の目を惹くものがあった。

「これが……。筑紫くんのお父さんの……」

そう。

かつて多くの功績を遺し、今でもなお多くの人々に語り継がれている凄腕探索者——霧島雄一の仏壇だった。

「うん。尊敬する父だったよ。俺が三歳の頃には、もういなくなってしまったけど……」

思えば、あのときから父は自身の死期を悟っていたのかもしれない。


——筑紫。おまえは父さんの血を引いてるんだ。きっと強いスキルを獲得するに違いないぞ——

——だから筑紫も、大事な人を守れる人になりなさい。決して自分のことだけを考えているような愚か者になるな——

今でも記憶に残っているこれらの言葉は、実際に父から聞いたのではなく、俺宛の手紙に記されていた文章だ。いつか俺が成長したときのために、当時から書き溜めていたのだと聞いている。

冷静に考えれば……これもおかしな話だよな。

当時の父は二十代後半。

探索者として最も忙しかった時期に、大量の手紙を残す時間的余裕があったとは思えない。

子煩悩とは別の動機によって、手紙を書かざるをえなかったとしか考えられないのだ。

郷山弥生との件だってそう。

たしかに弥生は強かったし、《魔物召喚》というスキルも強力そのものだ。

しかしだからといって、それだけで父が敗れたとは——俺にはどうしても思えない。

大勢の魔物に囲まれることくらい、探索者になれば日常茶飯事。うまいこと突破口を見つけて、逃走を図るくらいはできたはずなんだ。


——ふふ、あなたたちも私のことを調べているようだけどね。前に週刊誌に載っていた情報は、半分は合っていて、半分は間違っているのよ——

——霧島筑紫。今のあなたもお父さんそっくりよ。すごく正義感に溢れていて、自分の利益だけを追求するのではなく、誰かの犠牲にもなれる人。私はそんな彼を心の底から愛していたし、心の底から憎んでいたわ——


あのとき弥生が残した意味深な言葉も含めて、まだ何か見つけられていない謎があるんじゃないか……。俺にはそのように思えてならないのだ。

「…………」

考え込む俺に対して、美憂は何を思ったのだろう。

ふわりと、今度は彼女のほうから俺の手を握ってきた。

「み、美憂……」

「私も挨拶していいかな。こうして筑紫くんの家にあがったのも、きっとなにかの縁だと思うし」

「う、うん。もちろんだよ」

俺がそう言うと、美憂はこくりと頷いた。

そして父の仏壇に線香を供えると、両手の平を合わせて両目を閉じる。

俺も彼女にならって線香を供え、父に帰宅の挨拶を届けた。

第三十三話 陰キャ、彼女を部屋に招き入れる

「わああ……。ここが筑紫くんのお部屋……！」

父への挨拶を終えた後は、美憂を俺の部屋へと招き入れた。

「ははは……。ごめん、ちょっと掃除が行き届いてないんだけど……」

「ううん、いいのいいの。ありのままの筑紫くんを見にきたんだから」

ラノベがぎっしり並べられた本棚に、学習机、そしてゲーム用のモニターとゲーム機器。そして部屋の脇にはベッドがあるだけの、極めて普通の部屋だった。

美憂のように可愛らしい部屋ではないが、これが平均的な男子高校生の部屋だと思う。たぶん。

「はい、これ。よかったら飲んで」

「あ、ありがと」

テーブル前に座り込んだ彼女に、俺は紅茶入りのマグカップを手渡す。

「ふふふ……新鮮だなぁ。男の子の部屋にお邪魔した経験なんて、私も全然ないから」

「そ、そうなんだ。意外だね」

「エッチな本がないかって、ちょっと期待してたんだけどね〜。なにもなさそうで残念」

「な、なに言ってるんだよ……！」

いつものように悪戯っぽく笑う美憂だが、なんだか妙に緊張してしまうのはなぜだろうか。

「……っていうか、今時そんな本読まないって。みんなだいたいスマホで……」

「え？　ってことは、筑紫くんのスマホにもそういうのがいっぱいあるってこと？」

「いや、いい！　なんでもないから今のは！」

「ふふ、そんなに硬くならなくてもいいのに」

そう言って朗らかに笑う美憂。

……前は、こんなにも可愛らしい笑顔を、間近で見るだけでも幸せだった。美憂は誰もが知るインフルエンサーで、そんな彼女の傍にいられるだけでも奇跡だと思っていたから。

「……なにか変なこと考えてない？　筑紫くん」

そしてやはり、彼女は鋭かった。

回想に耽っていた俺に向けて、小さく微笑んでみせる。

「正直言うとね、さっきの宮本みたいな人は今までいっぱいいたよ。……自分に自信があるのかよくわからないけど、ほんと、すごい勢いで声をかけてくるんだ。自分に声をかけてもらった時点で光栄だろう、みたいなね」

「…………」

「ううん、なかにはほんとにすごい人もいたよ。テレビにいつも出てるような芸能人とか、スポーツの世界で第一線で活躍してる人とか……」

「そ、そりゃすごいな……」

あまりに次元の違う話に、俺も苦笑を禁じえない。

「芸能人にスポーツ選手……。普通だったら一生関われない相手だと思う……」

「うん。だけど——私はそういうお誘いをずっと断り続けてきた。お父さんの事故の件もあるしね」

「…………」

お父さんの事故の件。

彼女の言うそれは、間違いなく《新宿区暴走車事故》だろう。

今から五年前、美憂の父が車の暴走事故を引き起こした。

事件前まではいつも通り車を運転していたのが、急に人が変わったように荒々しい運転をはじめ——結果として八人もの通行人が犠牲になったという。

あまりに衝撃的な事件ゆえ、当時はもう大々的に報じられたものだ。

その事件をきっかけとして、美憂は配信者としての道を志すようになったという。

ひとつは被害者遺族に賠償するため。

ひとつは働きづめになっている母を助けるためだ。

スキル《剣聖》を授かったこともあり、美憂は瞬く間に有名なダンジョン配信者になっていく。

高校生とは思えぬ繊細にして大胆な剣捌きと、その類稀なる美貌も理由のひとつだろう。

だがその華々しい配信生活とは裏腹に、彼女は交友関係を広げることを拒んだ。

いかに有名配信者になったとはいえ、自分の父が大罪を犯した事実は変わらない。

　被害者遺族は今でも苦しんでいるのに、自分だけ楽しむわけにはいかないし……場合によっては、その友人にまで炎上の手が及ぶ可能性がある。

　だから彼女は学校内でも友人を作らず、なるべく地味であり続けようとした──。

　ここまでは以前、彼女の家にて聞いた内容だった。

「でも、さすがに驚いたよ。そんなにすごい人たちからも誘いを受けていたなんて……」

「そうだね。私も最初は驚いたけど……でも、そんなのに逃げてたら、被害者遺族に申し訳ないと思って」

「…………」

　ほんとに、強い人だと思う。

　今でも時おりコメント欄に書かれていることだが、彼女は事故を起こした本人ではない。当時七歳だった彼女が、この事件を防ぐことはさすがに難しかっただろう。

　にもかかわらず、美憂は今でも罪を償おうとし続けている。

　特に俺たち高校生といえば、華々しい生活に強い憧れを抱きやすい時期なのに──。

「でも私、前に言ったよね。被害者遺族の思いもあって、これからは自分のための人生を生きていくって……」

「うん……。言った」

「それで思ったの。いざ自分のために生きていこうって思ったとき、私の本当にやりたかったことは、芸能人やスポーツ選手と付き合うことじゃないって。……ましてや、あの宮本浩二みたいな人と一緒になることじゃないって」

そこで美憂は、俺の目をじっと見つめた。

「筑紫くん。私の願いは…………他でもない、あなたと一緒になることだったの」

「…………っ」

ドクン、と。

彼女の大胆な発言に、俺の心臓が激しく波打った。

「けれど、それは自分勝手な願いだと思ってた。炎上の可能性があるのに、再生数が稼げるからって筑紫くんを配信の世界に誘い込んで。自分の過去をなかなか言い出せずに、筑紫くんにずっと動画に出てもらって……」

「…………」

「だから思ったの。これは自分勝手な願い。私の胸のなかでずっと秘めておくべき、表に出しちゃいけない気持ちなんだって。だから……」

彼女が言い終わらないうちに、俺はゆっくりと立ち上がった。

そして彼女の傍にまで歩み寄ると身を屈め――自身の唇で、彼女の唇を塞いでみせた。

「あ…………」

唇から伝わってくる、温かな感触。

それを数秒だけ味わったあと、俺は彼女から顔を離し、その目を見て言った。

「これ以上は言わないでほしい。前も言ったけど、美憂に会えたおかげで俺の人生は大きく変わった。美憂に会えたことを、誰よりも感謝してるんだ」

「つ、筑紫くん……」

「人生が変わったと言っても、それは有名人になれたっていう〝程度の低い話〟じゃない。郷山にいじめられていて、生きる希望さえ見いだせなくなっていた俺を……美憂が救ってくれたんだ。結果的にそれが、視聴回数のためっていう打算的な目的があったんだとしても――美憂と会えたあの日は、俺にとって運命の日だと思ってる。だから、えっと……」

俺にしては長ったらしいセリフをすべて口にしたあと、俺は改めて覚悟を決めた。


「――だから、今の俺の願いも同じだよ。他の誰でもなく、美憂と一緒になることだ」


「あ………」

美憂の目が大きく目を見開かれる。

「嘘……。筑紫くん、ほんと……?」

「ああ。この気持ちに嘘はない」

ぽとり、と。

少しずつ美憂の目から涙が溢れてきたかと思うと、それは一気に勢いを増していった。

「ごめん。なんか急に、抑えきれなくなって……」

「いいや、謝らなきゃいけないのは俺のほうさ。ほんとはもっと早めに言いたかったのに……本当の意味じゃ、まだまだ強くなれていなかったみたいだ」

有名配信者になって、探索者としての実力が上がって、今では総理に公式に依頼されて。

もはや以前とはまるで違う生活を送っているけれど、それで自分は特別な人間だと思い上がるつもりはない。

まだまだ至らない点はあるし、時にはまわりに迷惑をかけることもあるかもしれないが――。

ただひたすらに成長を続け、全世界に現れたダンジョンの謎を解き明かしていく。

それが、亡き父が俺に望んでいたことかもしれない。

そんなふうに思えるようになっていた。

「筑紫くん……。もしよかったら、ぎゅってしたいかも」

「…………！　う、うん」

そう返事をした俺は、ガクガクに緊張しつつも、頬を赤らめる美憂の身体を抱きしめるのだった。

第三十四話　陰キャ、新たな一歩を踏み出す

それから四時間ほどが経過しただろうか。

「すう……すう……」

ベッドの上、俺の隣で、美憂がすやすやと寝息を立てていた。

しかもパジャマ等を着ているわけではなく、タオル一枚だけを身に着けている状態だ。俺も上半身は脱いでいるので、人のことは言えないんだけどな。

「ほんとに……夢のような一日になったな……」

朝は《川越ダンジョン》に突撃して、月島高校の危機を救い、そして美憂と恋人の関係になる……。

正直、色々ありすぎてまったくついていけない状態だ。

陰キャで平々凡々な毎日を送っていた過去と比べれば、まったく信じられない毎日を送っているといえるだろう。

けれど、事態は確実に動いている。

《ダンジョン運営省》の幹部――米山の話が正しければ、魔物たちが地球侵略を目論んでいることは間違いない。月島高校があれほどの襲撃にあったことを踏まえれば、今後も予断の許さない状況が続いていくだろう。

「けれど……。なんで月島高校だけをピンポイントで狙ったんだ……？」

いくら考えても、やはりそこがしっくりこない。

ダンジョンから飛び出してきた魔物たちは、それまで明確な殺人行為を取ってこなかった。

ただ数分間地上を歩き回ったあとは、すぐにダンジョン内に戻っていったんだよな。

それが今回に限って、月島高校には大規模な襲撃をかけた。この理由がまるでわからないし、
さらには月島高校を狙った思惑も不明だ。

地球侵略を目論んでいるんであれば、それこそ総理に向けて大規模な攻勢を仕掛けたほうがいいのに——。

「…………」

駄目だ。

いくら考えたってまるで答えが浮かんでこない。

というよりも、正解へ辿り着くまでのピースがそもそも足りていない気がする。

「どうしたの？　筑紫くん」

「おうっと……」

いつの間にか起こしてしまったらしい。

美憂が寝ぼけ眼をこすりながら、俺に声をかけてきた。

「いや、ちょっと考え事を……。ってか美憂、めっちゃ胸が見えてるんだけど……」

「ふふ、いいでしょ別に。さっきはめちゃくちゃ激しかったのに、急に恥ずかしくなるんだ」

「う、うるさいよ……！」

「ほんとに可愛いね♡　そういう筑紫くんも大好きだよ……あうっ」

そう言ってからかってくるので、俺も美憂の腹部あたりを人差し指で撫でてやった。セリフの最後で可愛らしい声を発していたのはその影響だ。

「む〜。くすぐりは反則だよ」

「だったらからかうの禁止。おーけー？」

「ぷん。知らない」

「じゃあもっとくすぐろうか」

「うっ……！　ちょ、ちょっと筑紫くん、やめてよ！　あはははははははは！」

脇の下に手を伸ばすと、美憂が早々にギブアップを申し出てきた。

「なるほど……、美憂はそこが弱いのか。覚えておこう」

「お、覚えなくていいんですっ！　バカ」

「はいはいバカで結構」

そう言って俺たちは互いを見つめ合うと、数秒後、くすっと笑い合った。

なんの意味もない、他愛のないやり取り。

けれど今は、この美憂との会話が、俺にとってなにより幸せな時間だった。

「……ほんと、筑紫くんに会えてよかったよ。まさかこんなに幸せな日が訪れるなんてさ」

そして美憂も同じことを考えてくれていたらしい。

今までは、さっきの考え事もずっと一人で抱え込んでいた。けれど今なら、隣に彼女がいてくれる——俺は自然にそう思うことができた。

「さっきの考え事だけどさ……魔物たちの行動がわからなかったんだ。地球侵略を目論んでいる割には、起こしている行動に一貫性がないっていうか……」

「……うん、そうだね。たしかにそれは私も思ってた」

俺と手をぎゅっと繋ぎながら、美憂がそう言った。

「………ねえ、変に思われるかもしれないけど、ひとつ言っていい？」

「ん？　なに？」

「あの日、お父さんが事件を起こす前にね。なにか変なことを言ってた気がするんだ。いつもダンジョンにいるはずの魔物と遭遇して、でも気づいたときには職場にいたって……」

「………………え」

「それで事件が起きた当日も、なにか変だったの。お父さん、いつもは温厚な人で、お酒飲んでも性格が変わるような人じゃなかったのに……。急に人が変わったように凶暴化して、いきなり暴走運転をし始めて……」

「そ、それは……。警察には言ったの？」

「言ったけど、歯牙にもかけられなかったわ。そんなことありえるはずがない、目撃情報もないんだって……」

おいおいおいおい。

それって、今思えばめちゃくちゃ重要な情報じゃないのか。

たしかに当時は、魔物がダンジョンの外に飛び出してくるなんて都市伝説でしかなかった。目撃情報もいくつかあったが、それはすべて嘘か幻覚かで片づけられていたんだよな。

そしてその直後に、美憂の父が変わった……。

《川越ダンジョン》に出没していたという魔物も、一ツ目の化け物によって凶暴化させられていたと聞いている。あれと同じ現象が人にも起きるとして、それがかなり昔から仕込まれているんだとしたら……。


——備えておけよ、銀灰の災厄。

——そろそろ、そのときがくると思ったほうがいい。


「…………!?」

まただ。

月島高校で魔物と戦っている際に聞こえてきた、脳内に響いてくる謎の声。

それがまた聞こえてきて、俺は思わず顔をしかめた。

「つ、筑紫くん……？　どうしたの？」

「い、いや……。実は頭の中から変な声が……」

そこまで言いかけたとき、プルルルルルルルルル……と。

いきなりスマホの着信音が鳴って、俺は思わず身を竦ませた。

相手は端本樹里亜——二葉社の記者だ。

「おいおい、今は真夜中の二時だぞ……！」

そう悪態をつきつつ、俺はその着信に応じる。

普段だったら無視するところだったが、このタイミングでの着信は無視してはいけないような——そんな気がした。

「あっ！　霧島くんですか！　急な電話なのに、出てくれてありがとうございますっ！」

スマホ越しで聞こえてきたのは、記憶に新しい新米記者の声。

だが心なしか、少しばかり息切れを起こしているような気がする。こんな真夜中に、いったいどうしたというのか……。

「そ、それより霧島くん！　いまテレビ見てませんか！　事情をお伺いしたくて……！」

「事情？　どういうことですか？」

「だ、だって前、総理と直接お話しされてたじゃないですか！　この件についても、なにか知ってるんじゃないかって……！」

「この件……？」

なんだ。

いったいなんの話をしているんだ。

「す、すみません、真夜中なのでテレビを消してて……。今から見るようにしますんで、ちょっと待っててもらえます？」

「わ、わかりました……！　また連絡ください……！」

その声を最後に、俺は通話を切った。

色々と気にかかるところはあるものの、今はひとまずテレビを確認するか。

こんな真夜中に、そんな重大発表をするとは思えないが……。たしか先ほどの電話によれば、総理も弱い魔物に襲われたということになる。

「筑紫くん、テレビのスイッチ入れるね」

「あ、うん……！　ありがとう！」

スピーカーモードにしていたので、美憂はなにも聞かずにテレビのスイッチをつけてくれた。

『――日本国民の諸君！　ごきげんよう！　私は第九十二代内閣総理大臣・国枝雅史である！』

そしてそのテレビに映っていたのは、いつもとはまったく口調の異なる国枝総理その人だった。

第三十五話　国内演説

『さて、国民の諸君！　此度、国枝政権は大きな決断を成し遂げるに至った！　ダンジョンの奥側に繋がる異界と契約を結び、彼らと協力関係を締結するということを！』

「は…………!?」

テレビで大仰にそう演説する国枝総理に、俺は動揺を隠しきれなかった。

「嘘だろ……？　なに考えてるんだ……？」

思わずそうひとりごちるが、目前の映像は紛うことなき本物。

どこかのホールらしき演壇に立ち、背後には多くのＳＰを携え、そして力強くそう語る人物は──見間違えるはずもない、国枝総理その人だった。

ただ一点いつもと違う面をあげるとすれば、その瞳が紅に輝いているところか。

「こ、これ……！　これだよ！」

そしてこの演説を見た美憂は、開口一番に大きな声を発した。

「この真っ赤な目！　あのときのお父さんとそっくり……！」

「あのときの……？　暴走事件を起こしたときと同じってことか？」

「う、うん……！　警察も誰も信じてくれなかったけど、やっぱり……」

「…………」

ということは、魔物が地球侵略を目論んでいたのは、ここ最近の話じゃないってことか。

新宿区での暴走車事故は五年前に起きた事件なので、少なくとも五年の時間をかけて仕込みを続けていたことになる。

いや、もしかすれば、三十年前にダンジョンが現れたときから、すでに仕組まれていたのかもしれない……！

『おそらく諸君はいま、多くの疑問を抱いていることだろう。なぜ異界と手を取るのか、そもそも異界とは何なのか。それへの解は単純明快である。異界は我々が住んでいるこの世界よりも大きな発展を遂げており、そこに住んでいる住人たちと手を取り合えば、我が美しき日本はさらなる飛躍を見込むことができるのだ！』

……駄目だ、やっぱりいつもの国枝総理ではない。

あんな偉そうな口調で演説する人ではなかったはずだし、そもそも思想からして根本的に異なりすぎている。

そもそも最初からダンジョンの住人――つまり魔物のことだろう――と手を組むつもりなら、俺たちに協力を頼んでこなかったはずだ。

「う、うう……！」

かつてのトラウマが蘇ったのか、美憂が両膝を抱えて震え始める。

「ごめん筑紫くん。ちょっと私、これ見られないかも……」

「大丈夫だ。あんまり無理しないでくれ」

「ううん、頑張る。もう逃げるわけにはいかないから」

そう言って、美憂は俺の手を強く握り締めた。

「み、美憂……」

そんな彼女を、俺は優しく抱きしめる。

彼女が激しく震えていることが、肌を伝ってよくわかったからだ。

『うおおおおおおおおっ！』

『総理！　総理！　総理！』

『頑張れ————っ！』

そしてその演説を直で聞いている者たちも、総理に熱い声援を向けていた。

そこに年齢も性別も関係ない。

老若男女問わず、その場にいる者たちすべてが、しきりに大絶賛をあげているのだ。

「…………」

ここ最近、総理の演説がこんなに盛り上がっていることはなかったはずだ。

もちろん長期政権を築いてきた人だし、熱狂的な支持者は相当多かったと記憶しているが——

それに比例して、いわゆるアンチも多かった。

だからたいてい、どこかで批判の声をあげている集団がいたはずなのだ。

しかし今回はそうした者たちはどこにもおらず、全員が賛同の声だけをあげている。この突拍子もない演説にこそ、批判者が湧いてしかるべきなのに。

「これも、魔物たちの仕込みってことか……？　ダンジョン外に定期的に姿を現しては、洗脳の準備を整えていたとか……」

「うん。その可能性もあると思う」

そう言いつつ、美憂が暗い声で視線を落とした。

「だとしたら、なんでお父さんだけあんな事件を起こしたんだろう……」

「み、美憂……」

『ふふ、熱い声援をありがとう！　君たちのその声のおかげで、私の考えが間違っていなかったと、はっきり理解できた！　これから異界の者たちと協定を結んでいくため、ぜひ楽しみに待っていただきたい！』

『わあああああああああああああ！』

『総理！　総理！　総理！』

『さすが俺たちの総理だぜえええええ！』

……こりゃもはや、狂気じみているとしか言いようがないよな。

俺には詳しいことはわからないが、国家運営は総理の一存だけでは行えなかったはず。政権を担っている大臣たちは当然のこと、与野党の賛同もある程度必要だったはずだ。

にもかかわらず、この強行突破っぷり……。

国民たちでさえ総理に心酔しているのだから、国枝内閣のみならず、与野党にも同様の洗脳が起こされていそうだな……。

『――だがこの素晴らしい発展を目指すにあたって、二つほど、極めて重要な伝達事項がある。どうか静かに聞いていていただきたい』

と。

総理がそのように述べた瞬間、会場が一気に静まり返った。

『ひとつ。まずこのようなことはないと思いたいが、異界の住人とより関係を深め、素晴らしき日本を築き上げるには、諸君の協力が必要不可欠だ。よって我が意見に異を唱える者については、たとえ外国に籍を置いている者であろうとも、一切の遠慮も躊躇もなく厳重な処罰を下す。このことはくれぐれもご留意いただきたい』

「ぐ…………」

信じられない。

国家権力を用いて、徹底的なる統制を図るつもりか。

つい最近まで平和だったはずの日本が、急に別国家になったような気さえする。

『ふたつめ。仮にそのような者が現れた場合、かの異界の住人が現れ、その者を直接処することもありえる。処するというのは、文字通り命を奪い取るということだ。――これを見よ』

そう言うなり、総理が右方向を手差しする。

その方向には大窓があり、窓を隔てた向こう側には、大勢の人々が詰め寄せているのが見て取れる。

おそらくあれは――総理の不支持者か。

総理の演説を聞いてから駆けつけてきたのか、もしくは総理がここに来るのを聞きつけて張り込んでいたのか。

総理のいる建物の外側では、不支持者も大勢集まってきていたらしい。

多くの者がプラカードを掲げ、「国枝退陣！」「売国奴は日本から去れ！」といったような、厳しい言葉を並べ立てている。

『――あのような愚か者には、異界の住人に直接処罰してもらうようにしてある。さあ、見るがいい。我が国枝政権に刃向かう、愚かしき者どもの末路をな』

『グォアアアアアアアア……！』

『ガァァァァァ…………！』

総理が合図したのと同時、不支持者の群れの近くで、なんと多くの魔物が出現した。

そのどれもが、日中俺が戦ったのと同じ敵――一ツ目の化け物だ。

「だ、駄目……！」

中継を見守っていた美憂が、短い悲鳴を発する。

――が、届かなかった。

一ツ目の化け物は一切の躊躇もなく群衆に襲いかかり、そこは瞬時にして沢山の鮮血で染められることになった。

『うわぁぁぁあああ……！』

『た、助けてくれぇぇぇえええ……！』

テレビ越しに聞こえてくる悲鳴の数々に、俺も思わず両目を閉じてしまった。

——ひどい。

こんなことってあるのか。

総理だって、本来はあんなことをする人ではない。

俺たちが総理と直接話すようになってまだ日は浅いが、それくらいのことはわかる。

政治的な面で国民から叩かれることはあっても、それでも、日本国の平和を祈って日夜働き続けてきたこと。

俺たちのような高校生に頼ってまで、ダンジョン外に飛び出してきている魔物の事件を解決しようとしてきたこと。

なのに、そんな人格者がこんなにも簡単に捻じ曲げられてしまうなんて……。

『見てわかっただろう。私に刃向かう者はみな、このような末路を辿ることになる。近いうち、異界と繋がるダンジョンも増える予定なのでな。異界からの〝監視〟がより強くなることを、今のうちに理解するとよい！』

総理はそう言うと、最後にテレビカメラに向けて不敵に笑ってみせた。

『これを見ている諸外国の方々よ。我が日本はこれにて世界最強の大国となった。あなたがた——ごときがいくら力を結集させたとて、我が国には手も足も出ない。そのことを——ゆめゆめ忘れぬことだ』

第三十六話 総理演説 動画コメント回 ～世界崩壊のカウントダウン～

真田：1コメ

ヴァッド：2コメ

山崎：1コメ

ふぁい：こんな真夜中に緊急演説って正気か？　なに考えてんだ？

楽田：国枝はその前にやることあんだろ

あ：こんな時間に演説とか、国民舐めてるよな

まーどっく：ん？

クーン：は？

ガンダス：異界の住人？　締結？　なに言ってんだこいつ

真田：なんか国枝、いつもと様子違くね？　酔ってんのか？

パチン：酔ってこんな演説なんかやらないだろｗｗｗｗｗ

真田：じゃあ今目の前でやってるこの演説はなんだよ

山崎：いったい何が始まるんです？

ディストリア：なるほど、ついにこの時が……。

ゲネシス：いやいやｗｗ　なに言ってんだよｗ　国枝っち、支持率悪いからってトチ狂ったか？

立川：でもなんか不気味じゃね？　なんでこれ見てる奴ら、こんなに国枝のこと支持してるわけ？

浜松：は？　おまえラ、これノ素晴らしさわかんないの？

クーン：いやわからんだろｗｗｗ　誰がわかるんだよこんなの良さがｗｗｗｗ

佐紀：クーン捕捉。殺害決定

ガンダス：はい佐紀って奴、逮捕ｗ　今どきそんなんやったら脅迫罪で逮捕だぞ

エンダバ：ガンダスも捕捉。こいつも殺害決定

パチン：おいおいおいおい

カミング：ここの視聴者に反対意見多い。殺害決定

山崎：おいおい……、コメント欄まで不穏な空気じゃねえか。やめてくれよそんなの

はははははあだだsだだだああであ：山崎って奴、洗脳未完了。捕捉開始

dddpjaspch@sa：as,lp@dkcv[sajhvjs@nうgcp@sかえv

ふぁい：なんだよこれ、わっけわかんねえよ

ぁぁfvsヴぁふぁざだだ：やややヴぁばばばおあざ

ニュースAMMチャンネル：このチャンネルにも監視の目は及んでいます。総理の意見に賛同しない者は即刻捕縛し、殺害します。口の利き方にお気をつけください。

ガンダス：おいおい……、公式テレビ局まで何言ってんの

Oagbcaopcvaopqegvwv：ああ：vんあななはがば

真田：よくわからんが、とりあえずコメントは控えたほうがよさそうだな……

佐紀：おおおおおおおおおお！

エンダバ：総理に仇なす愚か者、静粛完了！

浜松：やっぱり、この世界の人間ハ弱い。世界1の皆様の足下にも及んでいない

カミング：国枝総理万歳！　国枝総理万歳！

Oagbcaopcvaopqegvww：日本全国の監視開始

ディストリア：頼んだよ、二人とも……。この世界を救えるのは、君たちしかいない

佐紀：ディストリアって奴、未洗脳。捕捉開始

ディストリア：ふふ、愚か者どもめが。捕らえられるつもりならやってみるがいいさ

本書に対するご意見、ご感想をお寄せください。

あて先

〒162-8540 東京都新宿区東五軒町3-28
双葉社　モンスター文庫編集部
「どまどま先生」係／「もきゅ先生」係
もしくは monster@futabasha.co.jp まで

ダンジョン配信《はいしん》を切《き》り忘《わす》れた有名配信者《ゆうめいはいしんしゃ》を助《たす》けたら、伝説《でんせつ》の探索者《たんさくしゃ》としてバズりはじめた～陰《いん》キャの俺《おれ》、謎《なぞ》スキルだと思《おも》っていた《ルール無視《むし》》でうっかり無双《むそう》～②

2024年4月30日　第1刷発行

著　者　どまどま

発行者　島野浩二

発行所　株式会社双葉社
〒162-8540　東京都新宿区東五軒町3番28号
［電話］03-5261-4818（営業）　03-5261-4851（編集）
http://www.futabasha.co.jp/（双葉社の書籍・コミック・ムックが買えます）

印刷・製本所　三晃印刷株式会社

［電話］03-5261-4822（製作部）
ISBN 978-4-575-24738-1 C0093

発行・株式会社　双葉社

Mノベルス

勇者パーティーを追放された白魔導師、Sランク冒険者に拾われる
White magician exiled from the Hero Party, picked up by S rank adventurer
～この白魔導師が規格外すぎる～
水月 穹
ill. DeeCHA
「実力不足の白魔導師は要らない」白魔導師であるロイドはある日、勇者パーティーを追放されてしまう。職を失ってしまったロイドだったが、たまたまSランクパーティーのクエストに同行することになる。この時はまだ、勇者パーティーが崩壊し、ロイドが名声を得ていくことを知る者はいなかった――。これは、自分を普通だと思い込んでいる、規格外の支援魔法の使い手が冒険者になり、無自覚に無双する物語。「小説家になろう」で大人気の追放ファンタジー、開幕！
Mノベルス

発行・株式会社　双葉社

モンスター文庫

1
超難関ダンジョンで10万年修行した結果、世界最強に
～最弱無能の下剋上～
力水
ill 瑠奈璃亜
【この世で一番の無能】カイ・ハイネマンは13歳でこのギフトを得た。しかし、ギフトの効果により、カイの身体能力は著しく低くなり、ギフト至上主義のラムールでは、蔑まれ、いじめられるようになる。カイは家から出ていくことになり、王都へ向かう途中襲われてしまい必死に逃げていると、ダンジョンに迷い込んでしまった――。そのダンジョンでは、『神々の試煉』をクリアしないと出ることができないようになっており、時間も進まないようになっていた。カイは死ぬような思いをしながら『神々の試煉』を10万年かけてクリアする。クリアする過程で個性的な強い仲間を得たりしながら、世界最強の存在になっていた――。かつて、無能と呼ばれた少年による爽快無双ファンタジー開幕！
モンスター文庫

発行・株式会社　双葉社